双葉文庫

大富豪同心

遊里の旋風

幡大介

目次

この作品は双葉文庫のために書き下ろされました。

遊里《ゆうり》の旋風《かぜ》

大富豪同心

第一章　丁子屋の怪

一

何かがコンコンと音を響かせている。卯之吉《うのきち》は目を覚ました。

「うーっ、な、なんでしょうねぇ……、こんな朝早くから」

朝の陽差しが障子を眩《まぶ》しく照らしている。昨夜は雨戸を閉ざしてから寝たはずだ。ということは、誰かが夜明けとともに雨戸を開けた、ということになる。

町奉行所の同心たちが住み暮らす八丁堀。その一角にある八巻《やまき》家の屋敷である。

屋敷の主の八巻卯之吉は南町奉行所の見習い同心。怠惰な性格で、いつも日が高く昇るまで朝寝を貪っている。

ところがこの日ばかりは早朝から目を覚ましてしまった。

卯之吉は「うーむ」と唸《うな》りながら身体を起こした。

頭が重い。二日酔いだ。卯之吉は眉間を揉《も》みながら起き出して、障子を開けると廊下に出た。

途端に、陽光の明るさに目を眩《くら》ませた。

正月（旧暦）を半月ばかり過ぎた。空気はまだまだ冷たいけれども、陽差しは力強さを取り戻しつつある。

（春の光ですねぇ）

などと、俳諧の師匠みたいなことを考えながら、台所へと向かった。

台所へ歩いていくと、問題の、コンコンという音がさらに大きく聞こえてきた。卯之吉は杉戸の陰からヌウッと顔だけ突き出してみた。

「ああ、美鈴《みすず》様でしたか」

竈《へっつい》の横にまな板を置いて、美鈴が朝御飯の用意をしている。コンコンと連続する音は、包丁で野菜を切り刻む音だったのだ。

「あっ、旦那様……」

美鈴は卯之吉に気がつくと、片襷《かただすき》をそっと解いて手の中でクシャクシャに丸め、さも恥ずかしそうに肩をすぼめて一礼した。

溝口《みぞぐち》美鈴は数えで十八歳の娘である。

痩身で背の高い娘で、卯之吉と並んで立つと背丈はほとんど変わらない。おまけにやたらと姿勢が美しいものだから、余計に背が伸びて見える。

父である溝口左門《さもん》の、絶体絶命の窮地を卯之吉が救ったことから、恩返しをしたいという口上で、押しかけ下働きとして乗り込んできたのだ。

もちろん、いかに大恩のある相手だからといって、栄《は》えある剣豪の娘が、下働きの下女など志願するものではない。

美鈴は溝口左門から、鞍馬《くらま》流の剣術をみっちりと仕込まれていた。溝口道場の門弟中、第一番の腕前で、「美鈴に勝てた者が、後継者となって溝口道場を継ぐ」とかいう話だったのだが、ついに一人も、美鈴に勝てる者が現われなかった──というほどの剣豪だ。

美鈴が卯之吉の屋敷に押しかけてきたのには理由がある。卯之吉を見つめてほんのりと染まった頬と、キラキラ輝く円《つぶ》らな瞳を見れば明白だ。

白い手拭いを姉《あね》さん被りにして、豊かな黒髪を隠している。眉《まゆ》がキリッと濃く、二重瞼で鼻筋も高い。卯之吉の家に乗り込んできてすぐに、近在の独身者の同心たちのあいだで話題となった。それほどの美貌である。いずれ近いうちに〝八丁堀小町〟などと異名を奉られるのに違いなかった。

その美貌が恥ずかしそうに俯《うつむ》いて、モジモジと身を揉んでいる。朝から眼福というものであろうが、卯之吉はいっこうに意に介さずに台所の土間に降りてきて、竈で湯気を立てている鍋を覗《のぞ》いた。どうやら色気よりも食い気であるらしい。

南町同心、八巻卯之吉は、元々は江戸一番の札差、三国屋《みくにや》の、放蕩《ほうとう》者の若旦那であった。十代の初め頃から吉原や深川などに入り浸って、花魁《おいらん》や辰巳《たつみ》芸者など、江戸随一の美女たちを眺めて育った男である。正直なところ美女などとっくに見飽きている。慣れとは恐ろしいもので、市中で噂になる程度の美女にはまったく心を動かされない。

とはいえ、美鈴の人格を無視しているわけでは毛頭ない。

「ああ、これは、お見事な腕前でございますねぇ」

と、まな板の上で千切りになった大根を見つめて嘆声を洩《も》らした。

ためつすがめつ、まな板の大根を凝視している。

普通、竈に近づいたら、どんな料理が作られているのか、そっちのほうに関心を示すものではないのだろうか。しかし卯之吉が異常な関心を示しているのは千切り大根である。

「これほどの腕前は、料亭の板前さんだって、そうそう持っていやしませんよ」

妙なところに食いつかれて、感心されてしまったわけだが、褒《ほ》められれば嬉しくないはずもない。

美鈴は早くに母親を失くしている。それからは父の食事を作るのも、道場に通ってくる門弟たちの食事の世話をするのも、美鈴の仕事であったのだ。美鈴は、女であるから、好いた男に家事の腕を褒められるのは嬉しい。

「まぁ、そんな……」

などと、か細い声を洩らして、前掛けなどを指でイジイジといじったりした。

卯之吉は千切り大根から顔を上げると美鈴を見つめてニカッと笑った。

「〝一芸は多芸に通ず〟という謂《いい》がございますが、なるほど、お刀も包丁も刃物のうち。お刀の扱いに慣れた美鈴様にとっては包丁など、ものの数にも入らないのでございましょうねぇ」

などと、よくわからぬ理屈で感心されているうちはまだ、美鈴も喜んでいられたのだが、卯之吉が突然、

「この腕前なら、蘭方医学の開腹手術も、見事にこなせるでしょうねぇ……」

などと意味深長に頷《うなず》きながら呟《つぶや》き出したものだから、美鈴は激しく取り乱してしまった。

蘭方医学では、人の身体を切り裂いて、病巣を取り出したり、その痕《あと》を糸で縫い付けたりするらしい――ということは、美鈴も知っていた。

しかしそれは紅毛人の魔術であり、恐怖の対象だ。

たとえ自分が死病に取りつかれたとしても、蘭方医のところへは決して行かない――と、江戸時代のほとんどの人々は思っている。腹を割かれて臓腑をいじくりまわされるなんて、想像しただけで気の遠くなりそうな話だ。

それにそもそも、食材を見つめながら開腹手術を連想する神経がおかしい。卯之吉にとっては、剣術も、料理も、手術も、同じ範疇《はんちゅう》に入っているものであるようだ。

「どうですね、蘭方医を目指してみては。オランダ国には女医師という御方もいらっしゃるそうですよ」

尼僧や修道女の中には、医学の心得を持つ人々が大勢いて、実際に医療現場で活躍していた。

しかし美鈴の、すなわち江戸時代の女性一般の感覚では、まったく理解し難い話である。女蘭方医などという珍妙な者（江戸時代の感覚では）になるつもりなど毛頭ない。

娘剣豪もそうとう珍奇な存在ではあるのだが、それは棚にあげておいて、美鈴は思った。

とにもかくにも、卯之吉と嚙み合わない会話をしていては日が暮れてしまう。それに、男子が厨房《ちゅうぼう》に入る、というのも、好ましくない話だ。まして卯之吉は町奉行所の同心。卯之吉自身はまったく自覚していないが、町人たちの手本とならねばならない存在なのである。

美鈴は卯之吉を座敷に追い返した。

すると今度は「こんち、ご機嫌よろしゅう」と軽々しい挨拶とともに、銀八《ぎんぱち》が戸口をくぐってきた。

「あら銀八さん、早いのね」

「へェ、これでもあっしは、若旦那の付け人でげすから」

あいもかわらぬ素《す》っ頓狂《とんきょう》な顔をしている。銀八はまったく売れない幇間《ほうかん》、俗に言う太鼓持ちだ。

芸も拙《つたな》いし座敷の取り持ちも悪い。やることなすこと間が抜けていて、ことにヨイショの間の悪さたるや、この世のものとも思えぬほどの凄《すさ》まじさだ。

こんな売れない幇間など、半年もしないうちに廃業することになるのに決まっているのだが、銀八は幸運なことに、卯之吉という変わり者の旦那を摑《つか》むことに成功した。

卯之吉は美女にも飽きているが、幇間の名人芸にも飽きている。かえって銀八のような拙い芸人のほうに、新鮮な面白みを感じるらしい。

その卯之吉旦那が同心になってしまったので、銀八もつられて、同心の小者、すなわち岡っ引きの親分さん、みたいな存在になってしまった。

（あっしは幇間でげす。岡っ引きみてぇな世間の嫌われ者になるのは御免でございますよ）などと内心では思っていたりもするのだが、しかし、卯之吉をしくじったら最後、もう誰も、銀八を可愛がってくれる旦那などいない。

仕方がないので、泣く泣く、岡っ引きの真似事をやっているわけである。

今日も今日とて銀八は、朝から八巻家の屋敷を訪ねた。今日は奉行所へ出仕する日だ。卯之吉は放っておくと昼過ぎまで寝ていたりする。銀八も幇間であるから、旦那にしくじりをさせることはできない。

ここはしっかりと目付役を果たさねば、などと考えて、朝からご機嫌伺いにやってきたのだ。世馴れた幇間は若旦那の目付役でもある。もっとも銀八は、ぜんぜん世馴れてなどいないが。


美鈴が、セッセセッセと朝ご飯の用意をしている。銀八は軽薄な態度で竈の傍に頭を寄せた。

「これはたいそうな手さばきだぁ」

銀八がまな板に山盛りになった大根の千切りを見て、声を張り上げた。包丁捌《さば》きを褒められて嬉しい美鈴が、見境もなく大根を切り刻んでいたのである。

「溝口道場の鬼娘と、大層なご評判の美鈴様だぁ、どんな若作りの山姥《やまうば》かと戦々恐々としていたんでげすが、どうしてどうして、お見事なおさんどん、女らしいところもおありじゃあござんせんか」

本心から褒めたつもりで相手をカチンとさせてしまうのが、銀八のヨイショの困ったところである。しかし美鈴は朝からご機嫌だったので、鼻唄まじりに聞き流した。

調子に乗った銀八は、繁々と美鈴の顔を覗きこんで、続けた。

「片襷でちょいと袖を絞ったお姿なんざ、まるっきり新婚ほやほやの御新造さんだねぇ。こんな美形の料理上手が台所に鎮座ましましていなさるなんて、ウチの若旦那もたいそうな果報者だァ。憎いよッ！」

「イヤだ、銀八さんったら！」

あけすけな物言いに、顔を真っ赤にさせた美鈴が、顔を背けて、右手でちょっと、銀八をぶつような仕種をした。

が、その右手にはギトギトと研ぎ澄まされた包丁が握られている。

「うわっ、と！」

刃が鼻先をビュンとかすめた。銀八はびっくり仰天、土間に腰をストンと落としてしまった。


卯之吉は小袖と綿入れに着替えて、火鉢の前に座っている。火鉢には炭がてんこ盛りとなって、赤々と熾火《おきび》をあげていた。

ほっそりと痩せた卯之吉は寒さに弱い。天然の保温剤である脂肪も乏しいし、熱を生み出す筋肉も最小限にしかついていない。冷気がいきなり骨身に沁みてしまうのだ。

そこへ美鈴が膳を掲げて入ってきた。

「はいどうぞ、召しあがれ」

白米の山盛りになった茶碗が膳にのせられていた。町道場の弟子たち（当然に大飯食らい）を相手に給仕をしていた娘なので、一食の適量というものがまるでわかっていないらしい。

さらには汁にも千切り大根が山盛りになっていた。これでは味噌汁ではない。大根の汁漬けである。

まるで日光山輪王寺《りんのうじ》の強飯《ごうはん》式のような膳だ。ギュウギュウと責められて、全部食べるまで許してもらえないのではあるまいか、などと卯之吉は心配になった。

とはいえ卯之吉は、出されたものにケチをつけるような性格ではない。人に何かをしてもらったら、有り難く頂戴する。

人が好《よ》い、といえば、これ以上ないほどのお人好しなのだが、別の見方をすれば、状況にただ押し流されているだけだともいえる。卯之吉は生まれてこのかた、自分の意思というものを主張したことがない。同心になったのだって、卯之吉自身が同心になりたかったからではなく、祖父の徳右衛門《とくえもん》が勝手にお膳立てをしてくれたからだ。祖父に向かって「それは嫌です」と抵抗する、つもりも気力もない男なのだ。

というわけで、出された物を行儀よく食べた。飯は上手に炊けているし、汁は、大根の水分のせいでだいぶ味が薄くなってしまったが、食べられないこともない。

廊下の板敷きでは銀八もご相伴に与《あずか》っている。こちらは卯之吉以上の悪食《あくじき》だ。どんな物でも旨《うま》い旨いと言って食べる。

「ねぇ、旦那様」

卯之吉の膳の横に座った美鈴が口を開いた。

いつでもお代わりに応えられるように、おひつの横に陣取っているわけだが、卯之吉の食事はナメクジの食事よりノロい。遅々として箸が進まない。

という次第で手持ち無沙汰の美鈴が、チラリと横目を向けながら、卯之吉に喋《しゃべ》りかけてきた。

「浅草の、奥山《おくやま》に、たいそうな評判の見世物がかかっているそうですよ」

卯之吉はよーく嚙んで、飲みこんでから、答えた。

「へぇ、奥山にねぇ」

奥山とは、浅草寺《せんそうじ》の裏手に広がる境内のことだ。この奥山では見世物小屋や宮地芝居、寄席や落語の小屋などがかかり、さらには水茶屋などが軒を並べ、通り道では大道芸人や物売りなどが面白おかしく芸を披露し、口上を述べていた。

女子供どころか、大の大人が遊びに行っても楽しめる。気難し屋の壮年や老年男性向けには軍学を語ってくれる講釈師もいるし、見世物小屋の中には移動動物園のような本格的なものまであった。

これらの小屋や芸人、物売りたちが稼いだ金の一部が、浅草寺に上納される。寺銭だ。浅草寺としても、奥山の繁盛が自分たちの収入に直結するわけだから、見世物、売り物の趣向には十分に気をつかっている。

しかし、小屋や茶屋がどんなに趣向をこらしても、どうしても、客足の途絶える季節というものがある。極寒の真冬だ。

誰も好き好んで寒さに震えながら、薄暗くて日の差さない見世物小屋など覗きたくはない。茶店の縁台で寒風に晒《さら》されながら茶や菓子を喫したところで、嬉しいことなど何もない。もしも若い男が、若い娘を真冬の奥山などに連れ出したら、「気の利かないヤツ」と袖にされること間違いなしなのだ。

寺側はそれでは困るわけだから、真冬には格別に、凝りに凝った出し物を用意させる。その冬にしか見られない出開帳《でがいちょう》や、珍奇な動物、作り物などを並べ立て、必死に客を呼び込もうとする。

この年、浅草寺が用意した出し物は、実に見事なものであったらしい。高さ二丈（約六メートル）もある鍾馗像《しょうきぞう》が、火を噴く魔物と戦う演目であったそうな。

鍾馗は病魔を調伏《ちょうぶく》する神様だ。冬場は病の季節であるから、庶民の健康願望に当て込んだ出し物でもあったようである。

ここ数日、寒さが緩んできたものだから、いよいよ陽気に誘われて、奥山は大繁盛の様相を呈しはじめていたのだった。

「ねぇ、旦那様、連れていってくださいませんか」

美鈴が、甘えるような目つきを卯之吉に向けた。

たしかに奥山は、若い娘が一人で遊びに行くには剣呑《けんのん》な場所ではあるのだが、美鈴は噂の鬼娘、溝口道場最強の剣士だ。地回りの三下ヤクザなどたちまちのうちに懲《こ》らしめてしまうだろうし、逆に美鈴のほうが、見世物小屋にかかっていても不思議ではない。

「うーん、浅草寺の奥山ねぇ……」

卯之吉としては、浅草寺よりもさらにその奥にある、吉原のほうが好ましい。

「それに浅草寺は、寺社奉行様の御支配地ですからねぇ。あたしは町奉行所の同心ですから。困りましたねぇ」

　卯之吉の、あまりにつれない返事に、ハラハラしてしまったのは銀八だ。たまりかねて横から嘴《くちばし》を突っ込んだ。

「御用で踏み込むわけじゃあ、ねぇんでげすから」

「そうかねぇ」

　卯之吉は気のない返事をした。

「まぁ、考えておきますよ」

　吉原では粋人だとか、大通《だいつう》だとかいわれているクセに、娘心にはまったく無頓着なのである。

（ああ、若旦那はもう、どうしていつも、こうなんでげすかねぇ）

　銀八としては、いたたまれない気分だ。

　卯之吉は冷酷な性格などではないのだが、女人に対して恬淡《てんたん》というか、まったくもって、そっけない態度なのである。

　溝口道場の鬼娘、美鈴は、卯之吉に岡惚れしている。ぞっこん参っているのだ。「わたしより強い男の許にしか嫁には行かぬ」などと広言していた娘剣豪が、なにゆえ卯之吉のような、生《なま》っ白《ちろ》い虚弱体質の若旦那に惚れてしまったのかは定かではないのだが、それはともかく朴間としては致命的なほどに空気が読めない銀八の目で見ても、はっきりとわかるほどに露骨な恋心を発散させているのである。

それなのに、肝心の卯之吉には、まったく通じていないようなのだ。

銀八は頭を抱えてしまった。

二

夜の帳《とばり》が江戸の町を包み込んだ。

南町奉行所の内与力、沢田彦太郎《さわだひこたろう》は、ホクホク顔で吉原の大門をくぐった。

編笠を深く被って面相を隠している。それどころか髪型も、武士特有の大銀杏《おおいちょう》から町人髷《まげ》の銀杏つぶしに結い直し、装束も商家の主ふうに着替えていた。

吉原に徳川《とくがわ》の直参旗本や御家人が立ち入ることは、原則として禁じられている。彼らが吉原で遊びたいと思ったら、町人に変装して行くしかない。魚心あれば水心というやつで、吉原に通じる日本堤や五十間道には、武士の装束や刀を預かって、代わりに商人ふうの着物を貸してくれる店があった。髷まで町人の形に結い直してくれるのである。

沢田彦太郎は、普段は威厳たっぷりに肩肘を張って、大股で奉行所内をノシ歩いているが、この時ばかりはシャナリと腰など折り、内股気味の摺《す》り足で歩いた。

五十男の所作としては、かなり気色の悪い姿なのだが、沢田とすれば、せいぜい粋人を気取ったつもりである。商人に変装して吉原に乗り込むのだから武張った態度はとれない。吉原の風景に馴染むように、という配慮だったのだが、その不自然な足の運びで、かえって人目を引いているように見えなくもない。

大門をくぐれば、そこは吉原仲《なか》ノ町《ちょう》。朱塗りの雪洞《ぼんぼり》が林立し、道を挟んだ総《そう》籬《まがき》からも煌々《こうこう》と明りが洩れている。まさに不夜城。夜の闇を知らぬ町だ。店々の二階からは華やかな清掻《すがき》の音が聞こえてきた。

沢田は思わず吉原の華やかさに飲みこまれそうになってしまったのだが、その反面、笠ごしにチラッと視線を横に投げて、大門脇の番屋——吉原面番所を警戒することも忘れなかった。

もちろん沢田は手配書の回されている凶状持ちではない。しかし、面番所には岡っ引きが張りついている。時として町奉行所の同心が見廻りに来ることすらあったのだ。

同心や岡っ引きに見咎《みとが》められて、沢田本人であることに気づかれたりしたら大事だ。長年かかって築き上げてきた威信と体面が崩壊してしまう。町奉行所にもあっと言う間に噂が広まり、同心たちから後ろ指など差されて笑われることになってしまうだろう。

(それはいかんぞ)

沢田は面を伏せて、コソコソと面番所の前を通りすぎた。

そんな危険を冒してまで、足繁く吉原に通うのは、やっぱり遊興が愉しいからだ。

真面目一本で生きてきた朴念仁《ぼくねんじん》が、中年になってから急に遊びを覚えると深みにはまる、と言われている。まったくその通りの推移で、沢田は吉原遊興から足を抜くことができなくなってしまった。

(それもこれも、八巻のせいじゃぞ)

などと他人に責任を転嫁したりする。

(いいや、これも町奉行所の役目の内じゃ。お忍びで下々の暮らしぶり、喜怒哀

楽を確かめるのも、うむ、町奉行所に奉職する役人としては、大切な心得ぞ）

などと、自分でも無理があるなぁと思わぬでもない理屈をつけて、今日も吉原に足を運んできたのである。

（それに、今日は紋日《もんび》とやらいう日であるそうだからな）

紋日とは、五節句や八朔《はっさく》など、吉原で特に定められた祝日のことである。この当時には月に何日も紋日が設けられていた。紋日には遊女は休むことを許されない。必ず、客を取らねばならないという仕来りであった。

遊女とすれば、何がなんでも客を引き込まなければならない。万が一、客がつかなかったりしたら大変なことになる。自分で自分を買ったことにして（身揚りという）金を店に納めなければならないのだ。

そんなわけで紋日ばかりは遊女も必死だ。普段は、いけすかないヤツと思っている客であっても、えり好みなどしていられない。付け文を書いて届けて、どうあっても店に来てもらえるように仕向けなければならなかった。

というわけで――、なんとこの日、沢田彦太郎は、生まれて初めての恋文というものを、遊女とはいえ女人から頂戴してしまったのである。

付け文を持ってきたのは吉原の文使いであった。奉行所の玄関脇の小者に向かって堂々と「これを内与力の沢田様に」と、差し出した。

小者もまさか、沢田に艶書《えんしょ》が届けられるとは思っていない。町人からの陳情だろうと解釈し、しかつめらしい顔つきで受け取って、沢田の用部屋へ運んだ。

その付け文を広げて一読した沢田の喜ぶまいことか。まさに天にも昇る心地である。心臓をドキドキと昂《たかぶ》らせて、まるで十代の若者のように舞い上がってしまった。

沢田は野暮天でも、紋日には通人たちは、馴染みの遊女といつも以上に親しく夜を過ごすらしい、というぐらいのことは理解している。その紋日に当たって遊女のほうから、是非《ぜひ》ともお座敷にお越しくださいと、切々と、恋情をつづった書状が届けられたのだ。

沢田としては、通人としての第一歩を踏み出したような心地である。気分はもはや花川戸の助六《すけろく》で、六方を踏んで吉原に駆けつけてきたのだった。

沢田は仲ノ町の通りを曲がって角町《すみちょう》に入った。仲ノ町から見れば格落ちの、半籬の中見世《ちゅうみせ》が並ぶ一角だ。

内与力はたしかに賄賂《わいろ》の多い役目ではあったが、沢田の懐具合はけっして潤沢ではない。

町奉行の仕事は多岐にわたっている。日本の社会は根回しが重要であるから、仕事の量が多ければ、根回しをせねばならない相手の数も多くなる。当然、賄賂もたくさん必要になるのだ。

沢田は町人から受け取った賄賂を、今度は幕閣の要路に撒《ま》いて、主人である町奉行の業務と出世が首尾よく運ぶように取り計らっている。誰かから賄賂として贈られた金は、誰かに賄賂として贈られる。沢田は右から左へと金を動かしているだけだ。

ある意味では、じつに生真面目な忠義者なのである。

手元に残ったわずかな金では、中見世の安女郎を買うのがせいぜいだ。卯之吉のように、総籬の大見世の花魁《おいらん》を、引手茶屋に呼び寄せて豪遊することなど不可能であった。

「はて、どこであったかな」

吉原の通りに面した見世はどこも似たような造りなので迷ってしまう。チラリと笠を上げて軒に出された看板を読んだ。

その時、「おんやぁ?」と、間の抜けた声を掛けられた。

沢田が視線を向けると、いかにも遊び人、といった風情の中年男が、ニヤニヤと笑いながら沢田の笠の下を覗きこんでいた。

沢田は鼓動を高鳴らせた。不用意に笠を上げたばっかりに、見られたくない顔を見られてしまったようだ。

(いったい、何者か)

おそるおそる目を向けたが、その顔に見覚えはない。

(当然だ。わしは南町奉行所の内与力! 遊び人風情と顔見知りであるはずがない!)

とは思いつつも、もしかしたら、南町奉行所に陳情に来たことのある町人なのかも知れず、沢田が憶《おぼ》えていなくても、先方が記憶している、ということは考えられた。沢田は急いで笠を被り直した。

遊び人ふうの中年男は、軽薄な薄笑いを浮かべながら歩み寄ってきた。

「思わぬところでお目にかかるもんだねぇ」

沢田は、「無礼者! 下がりおれ!」と叱りつけたいところであったのだが、商人に変装していることを思い出し、歯ぎしりして堪《こら》えた。

「は、はて？　見覚えのない顔じゃ……お顔でございまするが、てっ、手前の商う店に、お越しくだされたお客様だったでしょうか？」

慣れぬ商人口調でたどたどしく、いかにも商人が挨拶の口上に述べそうな言葉を並べてみた。

中年の遊び人は、ヘラヘラと笑った。

「へへっ、済まねぇ。どうやら人違《ひとちげ》ぇだったみてぇだぜ。堪忍してくんな」

もともと吉原では、知り合いに出会っても知らぬ顔をきめこむのが礼儀である。遊び人は尻を捲《まく》ると、軽薄な足どりで歩み去っていった。

（なんじゃあの者は！　不躾《ぶしつけ》にもほどがある！）

あるいは、知り人のふりをして近づいてきて、タダ酒にありつこう、などという質《たち》の悪い手合いなのかも知れない。

（ふん！　南町奉行所内与力、沢田彦太郎を舐《な》めるではないぞ！　わしが眼光に打たれて、尻尾《しっぽ》を巻いて逃げていきおったものと見えるわ）

沢田は鼻息も荒く、武張った態度で角町《すみちょう》の通りを奥へ進んだ。

ようやく、馴染みの遊廓、『丁子屋《ちょうじや》』を見つけることができた。

すかさず籬の中から白粉《おしろい》を塗った腕が伸びてくる。紋日であるので皆必死だ。

捕まったらえらいことになりそうだ、などと怖《お》じ気《け》づきながら沢田は、丁子屋の暖簾《のれん》をくぐった。

沢田が見世に踏み込むと、内所という座敷に陣取っていた楼主が、腰を上げてやって来た。

「これは、四国屋《しこくや》の旦那様、ようこそお越しで」

楼主は笑顔で挨拶を寄越してきた。

この見世では沢田は、四国屋という商家の主だということになっていた。卯之吉が三国屋だからこのわしは一国多い四国屋だ、などと、しようもない競争心でつけた偽名であった。

もっとも、丁子屋はこれが商売だから、沢田の物腰や口調などから、「この御方はお武家なのだろうな」ということぐらいは察している。

沢田は、自分では町人に扮したつもりなのだが、明らかな武家言葉で答えた。

「おう、春駒《はるこま》からな、付け文をもらったので寄ってみたのだ」

可愛いい春駒にだけは、自分が内与力であることを明かしてある。尊敬されようという、さもしい根性だ。

楼主は何も気づかぬ素振りで微笑《ほほえ》んで、幾度も低頭した。

「左様でございますか。付け文にお応えくださいまして紋日に駆けつけてくださいますとは、なんというご厚情。春駒は四国屋さんの、その温かな真心にほだされたのに違いございませんよ」

「ウム、ウム」

などと沢田は満足そうに、尊大に、頷いた。

「では早速、座敷に揚がらせてもらうとするかの」

沢田は登楼した。

三

「良いではないか。もそっと近《ちこ》ぅ、近ぅ寄れ」

沢田は、春駒の柳腰に腕を伸ばして、無理やりに抱き寄せようとした。

二人きりの座敷で、ひとつ炬燵《こたつ》に差し向かいとなって、差しつ差されつしていたのだが、酔いが回ってくるにしたがって、沢田の本性である下品な助平根性が丸出しになってきた。

沢田の酔態は実に醜《みにく》い。普段は内与力として取り澄ましているだけに、酔いが回って羽目が外れるとその反動が凄まじいのだ。

「愛《う》いヤツめ。こちらへ来い」

腰を抱こうとしたり、手を握ったりと、実に浅ましい姿だ。

春駒は、そこは商売であるから、巧みに沢田をあしらっている。しかしさしもの遊女を以てしても、どこまでも執拗《しつよう》で諦めの悪い沢田には手こずらされている様子だ。

春駒はこの年、二十二歳になった。吉原の遊女は十五、六歳で水揚（初めて客を取ること）されて、定年が二十七歳であるから、二十二ともなればこの世界ではかなりの年増《としま》、姥桜である。

上総《かずさ》の山奥から売られてきた娘で、小柄で痩せていて、血色が悪い。おまけにちょっと陰気で口数も少ない。醜女《しこめ》ではないものの、これでは客が寄りつかない。

だからこそ紋日には困ってしまうわけだ。沢田に付け文を出したのも、沢田を好いているからでは毛頭なかった。

「これ春駒、口吸いじゃ。口吸いをいたそうぞ」

どこの艶本で覚えたのか、沢田は唇を尖《とが》らせて、春駒の唇を求めた。

「だ、旦那様……」

春駒はやんわりと、しかし内心は必死で、沢田を押し退《の》けようとした。

「ま、まずは、湯にお浸かりくださいませ……。よ、夜は長《なご》ぅございますから」

その場凌《しの》ぎに、内湯に浸かるように勧めた。

「む、湯か。……たしかに、冷えてまいったのぅ」

夜もだいぶ更けて、冷気がしんしんと沁みてきた。骨と皮ばかりの沢田もまた、寒さには弱い。

ひと風呂浴びて、身体を温めてからしんなりと、冷たい女人の肌を愛でるのも良いな、などと沢田は考えた。

（それに、あまり事を急いでは、野暮だと嫌われてしまうからの）

もう十分に野暮の骨頂をやらかしているのであるが、そこにはまったく自覚がない。小粋な遊冶郎《ゆうやろう》気取りで豆絞りの手拭いを取ると、肩にひっかけた。

「ではの、湯を浴びて参るといたすぞ。戻ってからを愉しみにいたしておれよ」

うろ覚えの小唄など一節唸りながら、廊下に出ていった。

沢田の足音が階段を踏んで、階下の風呂場へ降りていく。

「ふうっ……」

春駒はため息をもらして、精神的に疲れきった身体を炬燵に預けた。

と、その時、春駒はハッとして顔を上げた。

「誰だいッ」

窓の障子が外からホトホトと叩かれたのだ。

「お駒さん、オイラだよ」

閉ざされた障子の向こうから、他聞を憚《はばか》る低い声が聞こえてきた。

「安太郎《やすたろう》さん」

春駒の表情がパッと綻《ほころ》んだ。自分の名を本名で呼ぶのが誰かを知っていたからだ。二十二歳の年増女だが、その瞬間だけ、花も恥じらう少女のような顔つきになった。

春駒は窓辺に走り寄って障子を開けた。ここは二階座敷で、窓を開ければ手摺りのすぐ下が屋根になっている。屋根の上で一人の男が身を屈めていた。

濃い紺の手拭いをかぶっている。十七、八ほどの若い男だ。目鼻だちのクッキリとした、なかなかの男前である。職人のような丈の短い法被《はっぴ》と、濃い色合いの股引きを穿《は》いていた。

「旦那はいねぇのかい」

険しい目つきで座敷内の様子を窺《うかが》う。春駒も緊張の面持ちで頷いた。

「いま、湯に浸かってるよ」

「そうかえ」

安太郎は身軽に手摺りを飛び越えると、座敷内に音もなく降り立った。雪駄《せった》は脱いで懐に入れる。後ろ手に障子をピシャリと閉ざした。

春駒は、感極まった顔つきで、安太郎の胸に飛び込んでいった。痩身の安太郎にしがみつき、頬を擦り寄せた。

「ああ安さん、来てくれたんだね」

安太郎も、自分より何歳か年嵩《としかさ》の女の肩を抱き寄せた。

「当《あ》たり前《め》ぇじゃねぇか。今日は紋日だ。お駒さんにとっちゃあ、なにより大事な日だってぇことはわかっているぜ」

と、見得を切ってから、情けなさそうな顔をした。

「済まねぇお駒さん。オイラがお前《め》ェさんを仕舞（終日買い切り）にしなくちゃならねぇってのに、オイラに甲斐性がねぇばっかりに」

春駒は必死で首を横に振った。

「いいんだよ。こうして会いに来てくれただけで、あたしにとっちゃあ仕合わせさ」

そう言ってから、少し、気づまりな顔をした。

「でも安さん、あんた、どうしてあたしなんかに……」

春駒は自分でも、自分に女の魅力が乏しいことに気づいている。魅力のあるなしが売り上げに直結する世界だから、嫌でも自覚させられてしまうのだ。自分でも悲しくなる話だが、どう考えても十代の若者に好かれる女だとは思えなかった。

「オイラも上総者さ。お駒さんと話をしていると、昔を思いだすんだ」

同郷の者同士、お国訛《なま》りで語り合っているうちに心が通じたんだ、と安太郎は言った。

「それに、お駒さんは、オイラの村にいた人に良く似てる。オイラ、その人には、とっても優しくしてもらったんだぜ」

「そのお人は、今はどうしてるの？」

安太郎は口惜しそうに俯いた。

「死んじまったよ。流行《はや》り病でさ」

「まぁ、可哀相に……」

「オイラが好きな人は、みんな早くに死んじまうのさ……」

安太郎はお駒の肩をしっかりと掴んだ。

「オイラ、決めたんだ。今度はあんな悲しい目には遭《あ》わせねぇ。お駒さんはオイラがきっと守って見せる。今度はオイラが、お駒さんを守るんだ！」

「や、安太郎さん」

二人は熱烈に見つめ合い、それから、自然と顔を寄せ合って、口吸いをした。

「お駒さんの息は、良い匂いがするぜ……」

もつれ合いながら横たわり、互いに互いを求めはじめた。

「旦那は、いつ戻ってくるんだい」

春駒は息を弾ませながら答えた。

「あのお武家様、いつも長湯だから……」

「そうかい。それじゃあ……」

安太郎は春駒の着物の襟元を寛《ひろ》げた。

その頃、何も知らない沢田彦太郎は丁子屋の楼主と二言、三言、言葉を交わしてから内湯に向かい、鼻唄など歌いつつ上機嫌に、着物の帯を解いていた。

と、その拍子に、懐に入れてあった包みが足元に落ちた。

「おっと、忘れておった」

春駒に贈るために買い求めてきた櫛だ。

女人に贈り物をするなど、普段の沢田では考えられないことである。しかし、生まれて初めて付け文をもらって、若者のように浮ついた気分の沢田は、つい、若者のように小間物屋など覗いて、ニヤニヤしながら櫛など買い求めてしまったのである。

沢田は包みを拾い上げると、ますますだらしなく笑み崩れた。

「いかんな。渡しておかないと」

武士の世界の贈答（賄賂ともいう）でも、まず最初に挨拶として贈っておく。初めに物を贈りつけてご機嫌をとっておけば、その後の話も上手く進むというものだ。女心も同じであろう。事が終わった後で「実は……」と差し出しても遅い。

それに沢田としては、春駒の喜ぶ顔を一刻も早く見たい。

ちょうどその時、時の鐘が四回、鳴らされた。正確には、時報の前に注意喚起の捨て鐘が三回鳴らされるので、合わせて七回、鳴らされたことになる。

「もう夜四ツか。吉原に来ると時を忘れるのぅ」

夜四ツは、この季節だと、午後九時四十分ごろである。

沢田は脱ぎかけた着物を直すと、包みを手にして元の座敷に戻りはじめた。

行灯《あんどん》が置かれた暗い廊下を曲がる。紋日であるからすべての座敷は埋まっている。中見世ではあるが、小金を持っている者は芸者や幇間を座敷に呼んで、それなりに華々しくやっているようだ。あちこちから三味線の音が響いてきた。

無粋者の沢田も、浮かれ心を誘われて、階段を軽やかに上った。

自分が揚がった座敷の障子は閉ざされている。

「これ、春駒」

沢田は障子を開けた。

しかし、そこに春駒の姿はなかった。座敷の真ん中に炬燵がひとつ残されているだけだ。部屋の隅に置かれた行灯は、どうした拍子か、火が消えていた。

その時、二間続きの隣の座敷で、微《かす》かに、人の息づかいがしたような、そんな気配がした。

隣座敷には、枕を二つ並べた夜具が敷きのべられているはずだ。こちらの座敷で酒を酌み交わし、しんねこになった二人がすかさず、行為に及べるようになっている。見れば、襖にわずかな隙間があった。どうしてピッタリと閉じていないのかと言えば、長く伸びた帯が挟まっているからであった。こちらの座敷から隣座敷へと、解けた帯が蛇のように、畳の上を這《は》っていたのだ。

（フフフ、春駒め。このわしの戻りを待ちきれずに、もう夜具に入ってしまいおったか）

などと卑猥《ひわい》に笑み崩れた沢田は、襖の隙間に手をかけてカラリと開けた。

「これ、春駒。気が早いにもほどがあるぞ」

薄暗い座敷に敷かれた布団の上に、肌襦袢《はだじゅばん》姿の春駒が、しどけない寝姿で横たわっていた。枕元に置かれた、桃色の紙が張られた雪洞だけが仄《ほの》かに室内を照らしている。

「これ春駒。そなたに渡しておきたい物があったのじゃ」

沢田は春駒の枕元に歩み寄った。

「これ、起きよ」

と、声を掛け、春駒の肌襦袢に目をやって、ギョッとなった。

「ぎゃあああァッッ」

とんでもない絶叫が、丁子屋じゅうに響きわたった。

丁子屋で働く牛太郎《ぎゆうたろう》が足音も慌ただしく駆けつけてきた。

「どうしなすった、お客さん！」

パンパンッと、障子や襖を開け放って飛び込んでくる。

「うっ」

その牛太郎が目にしたものは、夜具を真っ赤に染めて横たわる春駒の死体と、その横にガックリと座り込み、血潮に濡れた匕首《あいくち》を握りしめて呆然《ぼうぜん》とする、貧相な中年男の姿であった。

「てっ、手前《め》ぇッ！　なんてことをしやがったッ、春駒を殺《や》りやがったなッ」

牛太郎にどやしつけられ、中年男――沢田彦太郎は、ハッと我に返った様子で慌てふためいた。

「ちっ、違うッ。わしが手にかけたなどと……」

必死に否定する姿が胸まで血まみれだ。返り血の血飛沫《ちしぶき》が顔にも咽《のど》にも着物にも飛び散っていた。

しかも両手には匕首まで握っているのだ。

丁子屋の楼主も飛び込んできた。

「な、なんてことをしてくれたんだい！」

楼主にまで下手人だと決めつけられてしまい、沢田はただ、アングリと開いた唇を震わせるしかない。

刃傷沙汰は、実は、この吉原では珍しくない。年に何度か、心中や、心中未遂の事件が起こる。心中以外にも、遊女や見世に立腹して、刀を振り回して暴れる武士の客もいた。

牛太郎は廊下に走り出し、長押《なげし》に常備されている棍棒《こんぼう》を取って戻ってきて、いきなり沢田の、匕首を握った腕を打った。

「ぎゃっ」

沢田は匕首を叩き落とされ、さらには、腕を背中にねじり上げられ、縄目の恥辱まで受けてしまった。どっちが武士で町人なのかわからない。沢田はまったく抵抗もできなかった。

「やめんか！　無礼な！」

(これはまずい……！)

と、縄を打たれながら沢田は思った。

第一に、南町奉行所の内与力でありながら、吉原遊廓などで遊んでいたことが露顕するのがまずい。家来に対する管理不行き届きで、町奉行の体面まで潰れてしまう。

次に、殺人者だと間違えられているのがまずい。町奉行所の役人が下手人として挙げられるなど、あってはならない話だ。

「待て！　まずは、わしの話を聞けッ」

必死の形相で牛太郎に叫びかけるが、その足にまで縄がかけられ、逃げられないように海老《えび》反りに縛り上げられてしまった。

（いかにする、いかにする）

沢田は必死に思案を巡らせた。ここに吉原面番所の同心や岡っ引きが駆けつけてきたら、当然、沢田本人だと気づかれてしまう。

もはや破滅か、と思ったその時、沢田彦太郎の脳裏に、天啓のように、名案が閃《ひらめ》いた。

「八巻を――否、卯之吉を呼んでくれッ！　三国屋の放蕩息子の、卯之吉を呼ぶのだッ！」

三国屋の若旦那、卯之吉は、吉原では知らぬ者のない大通人。満開の桜の花弁《はなびら》の散るように、夜毎小判をばらまくお大尽様だ。吉原全体にとって有り難い金主で、当然、下にも置かれぬ扱いを受けている。

沢田は、この場を収めて、丁子屋の者たちの口を塞ぐことができる者は、卯之吉しかいない、と考えたのである。

そしてその思案は正解であった。

「えっ」

それまで、沢田が何を叫んでも、てんで取り合おうとしなかった牛太郎と楼主が、捕り縄の手を止めて、視線を交わしあった。

牛太郎が訊ねた。

「お前ェ《め》さん、三国屋の若旦那様と、どういう繫《つな》がりがあるんだぇ」

「そ、それは言えぬ！　だが、卯之吉には貸しがあるッ」

「本当かぇ？」

疑わしそうに、貧相な中年男を眺め下ろした牛太郎と楼主だったが、卯之吉の酔狂は有名だ。どこで誰と友達づきあいをしているのかはわからない。

楼主は牛太郎に命じた。

「本当に三国屋の若旦那様の知り合いだとしたら厄介《やっかい》だ。一言お耳に入れておいたほうがいいだろう。お前、ちょっと行っておいで。若旦那様は、大黒屋《だいこくや》さんで菊野《きくの》太夫を仕舞になさっているはずだ」

今日は紋日であるから卯之吉が、吉原に逗留していないはずがなかったのである。

「へェ、吉原一の花魁を仕舞ですかぇ、さすがは三国屋の若旦那様だ。豪気なもんだ」

「感心している場合じゃないよ。早く行っておいで。事の次第を話して、このお人の始末をどうつけたものか、確かめておいで」

「へい。……しかし、菊野太夫としんねこになってるところへ、刃傷沙汰の話なんかを持ち込んだりしたら、ご立腹なさるんじゃねぇんですかぇ」

叱られるのは自分だ。牛太郎は浮かない顔をした。

しかし、丁子屋の楼主はニンマリと笑った。

「大丈夫。あのお人は、こういう話が大好きだから。すぐにスッ飛んでいらっしゃるだろうさ」

丁子屋のようならぶれた中見世にまで、卯之吉の奇矯《ききょう》は良く知れ渡っているらしい。

四

楼主が予見した通りに、卯之吉は銀八を従えて駆けつけてきた。

「これはこれは。三国屋の若旦那様。ようこそ、手前の店にお渡りくださいました。小さな店でございます。若旦那に揚がって頂くのも恥ずかしい店構えではございますが、どうぞ、御寛恕《ごかんじょ》くださいませ」

二階の座敷では遊女が一人死んでいるというのに、恵比寿大黒のような愛想笑いを満面に浮かべて、卯之吉を迎えた。

「どこだえ」

卯之吉は訊ねた。

「はい。ご案内いたします」

楼主が先に立って、問題の二階座敷に卯之吉を通した。

「おお！　やま……ではなかった、三国屋の卯之吉！　よくぞ、よくぞ駆けつけてきてくれた！」

沢田彦太郎は卯之吉の姿を認めて歓喜に震えた。張りつめていた緊張感から解放されて、年甲斐もなく大粒の涙まで浮かべる始末だ。

「これは沢田様」

卯之吉は折り目正しく両膝を揃えて、両手を畳につこうとして、絶句した。

「……これはまた、ひどいお姿でございますねぇ」

血まみれの上に縄目をかけられた沢田の姿を、最初はびっくり仰天して、次には痛ましそうに、見つめた。

丁子屋の楼主が卯之吉に確かめた。

「若旦那様、この下手人、本当に若旦那様のお知り合いなのでございますか」

「下手人とはなんだッ。わしは春駒を手にかけてなどおらぬと申すにッ」

激昂する沢田を無視して卯之吉は楼主に答えた。

「ええ、まぁ」

楼主が、おそるおそる、訊ねた。

「こちらは、お武家のようでございますが、どこのどちら様なんで？」

「ああ、このお人はねぇ、南――」

「これッ！」

南町の内与力の沢田様、と紹介しかけたところで、沢田に止められた。

「ああ、そうか。……こちらのお武家様の御体面もございましょうから。ご身分を明かすのは勘弁してもらえないかねぇ。このお人の身元は、このあたしが確かに請け合いますから」

「それならば宜《よろ》しゅうございますが――と言いたいところですが、若旦那様」

丁子屋の楼主は、眉間にしわを寄せて声を落とした。

「人一人が殺されたのです。いくらなんでも、内密に、というわけにはまいりませんよ」

「それはそうだろうね」

「こんな不祥事にお係わりになって、三国屋様の暖簾に傷がつくようなことになっては、とそれを案じております る」

この楼主、とりあえず卯之吉の意向を伺うために牛太郎を走らせたが、この件を卯之吉に背負わせるつもりはないようだ。暗に、「係わり合いにはならずに、帰ったほうがいい」と言わんばかりの物言いをした。

「待てッ」

慌てたのは沢田である。

「わしは人など殺してはおらぬ！」

卯之吉は「うーむ」と唸りながら沢田を見た。返り血を浴びたその姿は、どう見ても、殺人者である。

「……ま、とりあえず、死体を見せて頂きましょうか」

卯之吉は、畳に流れた血潮を踏まないように注意しながら、春駒の死体に歩み寄った。その大胆不敵な行動に、楼主と牛太郎が啞然《あぜん》呆然としている。

卯之吉は素知らぬ顔で春駒の、血まみれの肌襦袢を捲り、胸の傷口を繁々と眺めた。「役者にしたいほど美しい」と評判の若旦那が、ツルリとした顔つきを近近と死体に寄せる。口元にはほんのりと微笑まで浮かべている。ある意味では、とてつもなく不気味な光景だ。

「銀八、ちょっと手燭《てしょく》を翳《かざ》しておくれな」

さらに良く見ようというのか、明りを近づけるように命じた。

銀八は座敷に充満する血の臭いだけで吐き戻す寸前だ。必死に顔を背けながら、手燭の明りを差し出した。

卯之吉は突然、なにを思ったのか細い鼻筋をヒクヒクさせて、座敷中に飛び散った血の臭いを嗅《か》ぎ回りはじめた。じつに奇怪な姿である。卯之吉の奇行には慣れているはずの銀八でさえゾッとした。沢田や楼主や牛太郎たちにとっては尚更だ。皆で表情を引きつらせている。

座敷中の血を嗅ぎ回った後で、卯之吉がふと、顔を上げた。

「最初に死体を見つけたのは誰だえ？　この死体は、その時のままに寝かせてあるのかえ？」

「へい」と答えて牛太郎が前に出てきた。

「お役人様の御検視がありやすから、そのままにしてありやす。あっしが飛び込んできた時、この野郎が、その……」

と言って、血塗られた匕首に視線を向けた。

「その匕首を手に握りしめていやがったんでさぁ」

「ははぁ。そいつは明々白々だねぇ。こちらの御方がやったとしか思えないねぇ」

沢田は慌てた。

「きっ、貴様まで、何を申しておる！」

卯之吉は無視して、死体を検《あらた》め続けた。

「この匕首が心ノ臓の……、いや、違うね。心ノ臓をわずかに外れている。心ノ臓に繋がる太い血管《ちくだ》を断ったんだね」

卯之吉は沢田に目を向けた。

「沢田様が、こちらのお女郎さんを見つけた時、この匕首は？」

「胸に、刺さっておった。わ、わしは、気も動転して、とにかく、匕首を抜いてやらねばと思い……」

「抜いたんですかえ」

「う、うむ。……そうしたら、血が噴き出してきて、この有り様だ」

卯之吉は、満身に血飛沫を浴びた沢田を眺めた。

「刃物が刺さってはいましたが、まだ心ノ臓は動いていたのでしょうねぇ」

「うむ。微かに、吐息がしたように聞こえて、この座敷に入ったのだ。あるいはまだ生きておったのかも知れぬな」

「でしょう。だから、匕首を抜いた時に血が噴き出してきた。そしてその出血でお亡くなりになったのに相違ございません」

沢田は顔面を真っ青にさせた。

「結局、わしが手にかけたのだと申すか！」

「いいえ。匕首が胸に刺さっていたのです。早晩、こちらは、お亡くなりになっていたでしょう。どんな名医でも手の施しようもなかったでしょうよ。つまり、殺したのはこの匕首を刺した人、ということになりましょう」

沢田はホッと安堵《あんど》の吐息を洩らした。

「では、わしが下手人ではないのだな」

「それは、沢田様が嘘をついていないとしての話ですよ」

「きっ、貴様はっ、やっぱりわしを疑っておるのだなッ！」

激昂されても、どこ吹く風で卯之吉は訊ねた。

「胸を刺されても、こちらの御方はまだ生きていなさった。つまり、刺されてすぐに沢田様が乗り込んできた、ということです。……どうですね、沢田様。下手人の姿を御覧になりましたかね」

「そ、それは……、いや、何者の姿も見ていない」

卯之吉は窓辺に寄って障子を開け、屋根を調べた。

「特に、足跡みたいなものは、残されていないようですねぇ」

牛太郎が喚《わめ》きたてた。

「そうら見やがれ。やっぱり手前ぇが手にかけたんじゃねぇか！」

「ちっ、違う！」

「まぁ、お待ちなさいよ」

卯之吉は屋根の上を見つめた。

この時代、吉原の建物は、豪華絢爛《けんらん》な総籬の大見世であっても板葺き屋根であった。瓦を載せることは許されていない。苗字帯刀と同様に、瓦屋根も権威の象徴であったのだ。

板葺きの屋根は風雨に曝されて真っ黒に汚れていた。暗い夜であったので、なおさら何の痕跡も見てとれなかった。

卯之吉は障子を閉めた。

「屋根からでも、出入りはできそうだけどねぇ」

楼主は皮肉げに唇を歪《ゆが》めさせながら言った。

「この見世は通りに面しているのですよ。吉原の通りには、常夜灯が灯っておりますし、誰かが屋根の上を歩けば、通りかかったお人が気づきましょうよ」

「それもそうだねぇ」

卯之吉が呟いた直後、血の気の多い牛太郎が、これで話はついたとばかりに沢田の衿を締め上げ始めた。

「やっぱり下手人は手前ぇしかいねぇじゃねぇか！」

「待て、やめろ、ぐるじぃ！」

「まぁ、お待ちなさいよ」

卯之吉は牛太郎を押しとどめると、沢田を向こうに向かせて、その耳元に口を近づけさせた。

「これは拙《まず》いですよ、沢田様。どう考えても、沢田様がやったとしか思えませんよ」

「ちっ、違うと申しておるのに……！」

「ここは、沢田様のご身分を明かすしかないんじゃないですかね。そうすれば、まさか、吉原面番所や四郎兵衛《しろべえ》番所に突き出されるとも思えないですから」

「そ、それでどうする。このわしはどうなる」

「そこなんですがね、都合の良いことに沢田様は南町奉行所の内与力様。利け者の同心様を差配して、本当の下手人をお縄にかけて、ご自身の嫌疑を晴らすより他、ないんじゃないでしょうかねぇ」

「うっ。ううう」

沢田としては、泣きたくなるような話だ。

「とりあえず、ご身分だけは明かしておかないと、番所に連れ込まれちまいますよ。どうなさいますね」

沢田はしばらく唸っていたが、最後には、己の身分を明かすことに同意した。

卯之吉は、丁子屋の楼主に耳打ちをした。楼主の顔色が一瞬にして変わった。

沢田はこんな冴えない中年男だが、南町奉行の股肱《ここう》の臣だ。江戸の町人地を支配する大物である。

そんな人物を縄でギリギリと締め上げてしまったのだ。丁子屋の楼主は顔面を蒼白にさせた。

沢田は、縛られた身体を芋虫のようによじらせながら、卯之吉に口を寄せてきた。

「今すぐ大門を閉めるように命じるのだ。曲者《くせもの》を吉原の外に出してはならぬ！」

「小半時（三十分）前、夜四ツの鐘が鳴りましたよね」

「おう、わしも、風呂場で聞いた」

「左様ですか。それは好都合」

「どういう意味じゃ」

卯之吉は沢田に説明した。

「吉原の大門は、夜四ツに閉じられるんですよ」

四方は高い塀と堀に囲まれ、足抜けを見張る男衆《おとこし》が巡回しているから、何者も外には出られない。耳門《じもん》（門の脇の扉）から出て行くことはできるが、今夜は紋日だ。終日買い切った遊女を置いて帰る客はいないし、もしいたら、四郎兵衛番所の者が人相風体を憶えているだろう。

沢田は訊ねた。

「明朝、門が開くのは何刻だ」

「明け六ッですよ」

沢田は焦った。

「それまでに、怪しい者を取り押さえるのだ！　門が開いて、外に逃げられたら手の施しようがないぞ！」

卯之吉は、沢田をまじまじと見つめ返した。

「はぁ、ですからこうして、一番怪しいお人を取り押さえているわけでございまして」

沢田は何を言われたのかわからぬ様子で怪訝《けげん》な表情を浮かべていたが、すぐに覚《さと》って激怒した。

「おのれ、貴様、やっぱり！　このわしを、心の中では下手人扱いいたしておったのだなッ！」

縛られた格好のままピョンと跳ねて、体当たりで卯之吉に踊り掛かってきた。

第二章　拝命　吉原同心

一

翌朝、卯之吉はいつものように、南町奉行所の同心詰所の、長火鉢の前に陣取って、うつらうつらと居眠りなどしていた。

昨夜の騒動のせいでろくろく眠っていない。

沢田は、本来ならば吉原面番所に突き出されたり、あるいは簀巻《すま》きにされて大川に投げ込まれたりするところであったのだが、そこはさすがに南町奉行所の内与力だから、無事に吉原の大門を出ることを許された。

もちろんこの処置には、卯之吉の顔と財力が十分に物を言っている。

とはいえ嫌疑が晴れたわけではない。沢田は自分自身の体面にかけて、この一件を解決せねばならない立場に追い込まれていた。


「おい、ハチマキ」

定町廻同心の尾上伸平《おがみしんぺい》がやってきた。

「ちっ、コイツ、また居眠りをしていやがる」

卯之吉は慌てて目を開けて、背筋をしゃんと伸ばした。

「いいえ、起きていますよ」

「起きているのが当たり前だ。やいハチマキ、沢田様がお呼びだぞ」

「えっ、沢田様が……」

「なんだ、その不服そうなツラは」

「ええ。だって沢田様の御用部屋は、炭火もけちっていなさるから、めっぽう寒くて困りますよねぇ」

「グダグダ言ってねぇで、とっととツラぁ出してきやがれ」

どやしつけられて仕方なく、卯之吉は重い腰を上げた。


内与力の用部屋の、書状や帳面が山積みになった机の向こうに、沢田彦太郎が座っていた。

「八巻でございます」

畳に膝を揃えた卯之吉が挨拶をすると、沢田は書類の陰にサッと隠れるような仕種をした。

隠れたところで、そこにいることは明白なわけだし、昨夜の事件の顚末《てんまつ》は知り尽くしているのであるから、今更どうにもならないわけだが、沢田なりに、合わせる顔がない心地なのであろう、と卯之吉は解釈した。

「沢田様、昨夜《ゆうべ》は大変でございましたねぇ」

茶飲み話でもするような口調で語りかけると、沢田は「う」だの「む」だの唸《うな》りながら、ようやく顔を覗《のぞ》かせた。

その顔色が最悪だ。昨夜から今朝にかけて一睡もできなかったのに違いない。ただでさえ顔色が悪いのに、さらに目の下に隈《くま》までつくっていた。

「む……、昨夜は……。むむ……。えらい手間をゴホッ、かけ……て、しまった……ようじゃゲホッ」

口の中でモゴモゴと礼を言った。自尊心の高い沢田である。こんな、放蕩《ほうとう》息子崩れの見習い同心などに恩義を感じるのも業腹《ごうはら》であっただろうが、昨夜の始末をつけてくれたのは卯之吉だし、その裏では大金が動いたことも知っている。下げたくもない頭を、苦々しげに下げたのだった。

しかし卯之吉はいつもどおりの無神経、そんな沢田の苦しい心中など知ったことではない。

「いいえ、手間がかかるのはこれからですよ沢田様。此度《こたび》の一件、いったいどうやって始末をつけるおつもりですね？」

「うむっ……！」

沢田は青黒い顔に血の気を上らせた。

「何度も言うが！　わしは何もやってはおらぬぞ！」

「でもねぇ、〝なか〟の人たちは、みんな沢田様を下手人だと思っていますよ」

なかとは吉原のことである。

「あたしだって、沢田様がやったのだとしか思えませんものねぇ」

「八巻ッ、貴様ッ」

沢田が机を乗り越えて摑《つか》みかかってきた。卯之吉が慌てて退いたので、沢田は畳の上にベシャッと腹這いに倒れた。

「ううっ、口惜しいッ……！」

堪《こら》えていたものが一気に噴き出してきたのか、沢田は男泣きに咽《むせ》び泣きはじめた。拳でドンドンと畳を叩いて悔しがっている。

卯之吉は、痛ましそうに沢田を見つめ下ろした。

「泣いている場合じゃございませんよ。本当の下手人をあげなくちゃならないでしょう」

「おお、そうじゃ」

沢田は突然に泣きやむと、威儀を正して机の向こうに座り直した。

「その件について、そなたを呼んだのだ。八巻よ」

「あい」

「あい、ではない。もはや商家の者ではない。そなたも武士になったのだから『ハッ』と答えよ」

「ハハーッ」

沢田は苦り切った顔つきで卯之吉を見つめた。こんな放蕩者に頼らねばならない己の身の上があらためて情けなく思いやられたのであろう。

「……されば じゃ。わしも思案いたした。この一件、このわしに被せられた冤罪《えんざい》を晴らすには、わし自身の手で真の下手人を捕らえるしかない、とな」

「ははぁ。なるほど」

「そこでじゃ、そなたも知っての通り、吉原には面番所というものがあり、町奉行所の同心が配されておる」

「お役人様がたには、いつもながら頭の下がる思いにございまする」

「しからば八巻よ、今日よりそなたが、吉原面番所を受け持つのじゃ」

「はぁ。……って、ええっ？」

卯之吉は目玉を白黒させた。

「あたしが、吉原の同心様？　そ、それはちょっと、ご無理がありすぎるのではないですかねぇ」

吉原では誰一人として知らぬ者のない大通人の若旦那が、金の力で同心になったなどという真実が世に広まったら、町奉行所の威信は地に落ちる。実家の三国屋も「商人の分も弁《わきま》えぬ増上慢《ぞうじようまん》」などと罵《のの》られ、商家としての信用が失墜してしまう。

卯之吉は首をひねった。

「ここは、村田《むらた》様のような切れ者にお任せするのが上策かと思いますがねぇ」

定町廻の筆頭同心、村田銕三郎《てつさぶろう》は、江戸市中の悪党どもから〝南町の猟犬〟なども異名を奉られている切れ者だ。

沢田は泡を食って、両手を振りたくった。

「馬鹿を申すな！　この一件、村田などに知られたらどうなることか！」

内与力は町奉行の就任と同時に、町奉行所に乗り込んできて、与力や同心の上に立つ。お奉行の命令を伝達したり、与力、同心の意見を奉行に取り次いだりする役なのだが、与力、同心たちにとってはじつに煙たい相手だ。

町奉行は、内与力を使って奉行所の隅々にまで自分の意思を行き渡らせようとする。与力、同心たちは隙あらば、内与力の足元を掬《すく》って、自分たちにとって都合のよい奉行所に作り替えようとする。

筆頭同心の村田などにこの一件を任せたら、沢田は村田に弱みを握られ、今後は村田たち同心の言いなりになりながら、仕事をしていかねばならないことになってしまうのだ。

「それだけは、あってはならぬ！」

「はぁ」

「それにじゃ、吉原は何かと難しい所でもあるぞ。町奉行所の役人であっても、吉原の者どもから見れば余所者《よそ》」

吉原は、東照神君家康《いえやす》公からお墨付きをもらって遊廓の経営をはじめた——という歴史を誇っている。家康のお墨付きには将軍も老中も逆らえないから、家康のお墨付きを振りかざしている限り、吉原は天下無敵なのだ。

「じゃによって、こちらとしては、吉原の内情に通じた者を吉原に送り込まねばなるまい。吉原の顔役どもに顔が利き、その内情を諳《そら》じておる者。吉原の弱みを握ることができる者が必要なのじゃ」

「はぁ。しかし、そんな便利なお人が、この世のどこにおられますかねぇ」

「今、わしの目の前におるではないか！」

「はぁ……。って、あたし？」

卯之吉は鳩が豆鉄砲をくらったような顔をして、自分の鼻先を指差した。

「そうじゃ！　お前には吉原の顔役どもも、一目も二目も置いておる！　四郎兵衛番所の者どもも、お前の言うことならば喜んで聞き入れようぞ」

卯之吉は吉原で大金を使っているし、四郎兵衛番所の男衆《おとこし》にも小遣いを撒《ま》いている。吉原の者たちは卯之吉のご機嫌を取ろうと懸命だ。

たしかに今度の一件を解決しようと思ったら、卯之吉のような吉原の裏側に通じた者が絶対に必要ではあろう。

「だからと言ってですね、沢田様。あたしが役人ヅラを下げて吉原に乗り込むのはまずいですよ」

「そこはなんとしてでも誤魔化すのじゃ！」

「そんな無茶な」

「よいか！　此度《こたび》の一件には、このわしとお奉行の進退が掛かっておると思え！　そなたを同心に仕立て上げたのはこのわしぞ！　このわしが後ろ楯となっておればこそ、そなたは同心をやっていけるのではないか！」

それは仰せの通りであろうが、卯之吉は別に、なりたくて同心になったわけでもないし、同心を続けたいわけでもない。いざとなったらいつでもお役を放り出して、元の放蕩者に戻ればいいや、などと考えている。

とはいえ、沢田を見捨てるのも可哀相だ。さらに言えば、卯之吉が同心を辞めさせられたら、祖父の徳右衛門がどんな狂態をみせるかわかったものではない。

「そうですねぇ……。それじゃあ、なんとか考えてみますけれども……」

いつもどおりの無責任で、卯之吉は安請け合いをした。

いずれにしても、見習い同心が自分の意思を押し通せる場面ではないし、そもそも最初から、沢田に抗弁する気力もない卯之吉なのであった。

二

深川のとある堀端でひっそりと、陰間茶屋が見世を開いている。

「ええっ、オイラがかいッ？」

離れ座敷で陰間の由利之丞《ゆりのじょう》が、声変わり途中のガラガラ声を張り上げた。

陰間茶屋とは男色向けの美少年（陰間）が接待してくれる店で、由利之丞はそこで働く陰間である。まだ十代のほっそりとした体つき、色白で娘のように愛らしい顔だちをしている。そのうえ着ている着物が藤色の地に花弁《はなびら》の刺繡《ししゅう》を散らした振袖だ。女人よりも妖しい色香を発散させながら座っている。

離れ座敷には他に、卯之吉と、銀八と、もう一人、むさ苦しい黒褐色の着物をつけた大柄な浪人がドンと腰を下ろしていた。

この浪人は水谷弥五郎《みずたにやごろう》といって、上州あたりで人斬り浪人として鳴らした剣客なのだが、無類の若衆好きで昨今は由利之丞に執心している。

由利之丞は江戸三座に属する若衆方（二枚目の若い男を演じる歌舞伎役者）である。しかし、名題役者の家に生まれたわけでもないし、名題役者に可愛がられているわけでもない。結果、ろくな役柄をもらえないので人気も出ない。

この時代の役者は、ごく少数の千両役者を除けば皆貧乏人だ。生活費を稼ぐために、金蔓《かねづる》の御贔屓《ごひいき》筋を摑むためと、身体を売らねばならない者もいた。

とにもかくにも由利之丞は泡を食っている。

「同心様に化けて、吉原に入れって？　オイラが？　そんなの困るよ！」

いつもは物怖《ものお》じしない由利之丞だが、なにやら妙に取り乱している。

銀八が横から口を挟んだ。

「この前みたいに、ウチの若旦那に成り代わっていただいてですね、ちっとばかりの間、同心の八巻様を演じていただければいいだけの話なんですがね」

少しばかり前、夜霧《よぎり》ノ治郎兵衛《じろべえ》一党が三国屋の若旦那、卯之吉を誘拐しようと企んだことがあった。その際、卯之吉の身代わりとなったのが由利之丞である。

「お芝居は、おてのものでげしょう？」

「そういうことを気にしているわけじゃないよ」

由利之丞は愛らしい桃色の唇を尖《とが》らせた。

「オイラたち芝居者はねぇ、吉原には足を踏み入れちゃいけないんだよ。昔からそういう仕来りなんだ」

「でもそれは、千両役者様とかのお話で……」

例によって銀八が、幇間《ほうかん》であるにも拘《かか》わらず、思ったそのままを口に出すと、由利之丞は顔を真っ赤にして憤慨した。

「千両役者も三文役者も違いはないよ！　これはオイラたち芝居者の、矜持《きょうじ》の問題なんだ！」

目に涙を浮かべてプイッと横を向いた由利之丞に、卯之吉がやおら、声を掛けた。

「まぁお待ちなさいよ。何も、客として吉原に入るわけじゃあないんだから」

卯之吉は、かいつまんで、今度の一件について説明した。

「……という次第でね。あたしが吉原に同心として乗り込まなくちゃならなくなっちまったんだけど、あたしがこの顔を晒《さら》すのはちっとばかしまずい」

由利之丞は唇を尖らせながらも聞いている。卯之吉は続けた。

「そこでだね。この前みたいに由利之丞さんに、あたしの代わりを勤めちゃあもらえないかとね、そう思案したんだよ」

「でも、オイラに同心様のように振る舞えったって無理だよ。十手も使えやしないし、捕り縄を打つこともできやしない。八巻様のお見立てじゃあ、下手人はまだなかにいるってんだろう？　そんな悪党を捕まえることなんかできやしないし、だいいち怖いじゃないか」

　すると、水谷弥五郎がズイッと膝を進めてきた。

「案ずることはないぞ。このわしがついておる。その悪党が由利之丞に襲いかかってきたとしても、なぁに、大事なお前には指一本たりとも触れさせるものか。任せておけ」

　ドンと、厚い胸板を叩いて請け合った。水谷弥五郎はすでに卯之吉に、金で籠《ろう》絡《らく》されているのである。

　それでも由利之丞は色好《いろよ》い返事をしない。そこで水谷は、駄目押しとばかりに白々しく、卯之吉に語りかけた。

「ときに八巻氏《うじ》。この春から山村座にかかる芝居に、『浮世衣《うきよごろも》浪花早船《なにわのはやぶね》』という演目があるのだがな」

「はぁ。それは今から楽しみですが、……それがなにか？」

「ところが山村座、昨今いささか手元が不如意のようでな」

　芝居は、開演前に大金がかかる。大道具をつくったり、衣装を揃えたり、引き札（チラシ）を刷ったりせねばならない。

「そこでじゃ」

水谷は意味ありげな笑みを浮かべて、顎の先をクイクイと、由利之丞に向けた。

「八巻氏、山村座の金主になる気はござらぬかな」

「ははぁ」

卯之吉は即座に納得した。

「あたしが金を出して、それで幕が上がるのなら、由利之丞さんにも良い役を回してあげられるね」

すかさず水谷が由利之丞を肘でこづいた。

「喜べ由利之丞。八巻氏がお主のために座元と掛け合うと申しておるぞ」

「えっ」

金主の発言力は絶大だ。主役は無理でも脇役程度なら、無理やり由利之丞を押し込むことができる。

「ほ、本当かい」

由利之丞の顔つきが変わった。俄然、やる気を出している。

長い付き合いなので水谷弥五郎は、由利之丞の現金な性格を知り尽くしていたのだ。

「わかりました！　やります。是非《ぜひ》とも、お役に立てさせてくださいませ！」

早くも由利之丞は、一世一代の檜《ひのき》舞台に立つような顔つきになっていた。

三

吉原仲ノ町の通りを、身の丈六尺（約百八十センチ）を超える大入道が歩いている。寒風吹きすさぶ中、上半身は裸で、隆々と盛り上がった筋肉と、真っ黒く日焼けした肌を見せつけていた。

頭はツルツルに剃りあげて、のみならず眉毛まで剃り落としている。それだけでも容貌魁偉《ようぼうかいい》、人目を引く姿であるのに、なんとこの男は頭の上に小さな男を乗せていた。

小さな男は大男の坊主頭に両手をついて、その場で逆立ちをしている。しかも薄笑いまで浮かべて、道行く者に片手を振る余裕まで見せつけていた。

大男がひときわ巨漢なので小さく見えるが、それでも、四尺七寸（約百四十センチ）ほどはある。江戸時代の成人男子の平均身長よりやや低い程度の身の丈だ。

そんな男を平然と頭上に乗せたまま、巨漢は悠然と通りを闊歩《かっぽ》し続けた。

吉原には、金持ちだけが訪れるわけではない。貧乏人や、田舎から出てきた旅人や、諸藩の勤番侍たちも、金もないのに見物に来る。こういう客を素見《ひやかし》と呼ぶが、素見だって吉原見物にくれば、茶の一杯ぐらいは飲んで帰る。土産も買う。特に吉原の菓子は味が良いことで有名であった。

貧乏人にも貧乏なりに、小銭を置いていってもらう。吉原は素見の客をも飽きさせない工夫に怠りがなかった。

しかし冬になると、通りを流す素見も減る。だからこのようにして、吉原の男たちが、軽業《かるわざ》まがいの芸事などをやって、客の興味を引いて歩く。

大男と小男の軽業に、田舎登りの素見客たちが集まってきた。そこへすかさず物売りたちが群がって、吉原名物の細見《さいけん》や菓子を勧めるのであった。

巨漢と小男の二人組は、通りを曲がって、裏長屋のほうに消えた。

吉原にはその最盛期、七千人からの遊女が住み暮らしていたという。彼女たちの生活と稼業を支えるために、さらに七千人ほどの者たちが働いていたとされる。合計で一万四千人からの人間が、吉原の堀と大門の内に居住していたことになる。

これはそうとうに巨大な町だ。当然、長屋も多く建てられているし、遊客のための店ではなく、吉原者のための店、例えば湯屋や一膳飯屋などもあった。

小男は大男の頭上から飛び下りた。二人揃って路地裏の貧乏長屋に入っていく。長屋の門を通る時、大男は窮屈そうに身を屈めなければならなかった。

二人は六畳一間の長屋で一緒に暮らしていた。大男が障子戸を開けて中に踏みこむ。そこで大男は「あっ」と声を上げて立ち止まった。

「どうしたんだ、大松《だいまつ》」

小男が大男のお尻のあたりで訊ねた。大男が長屋に踏み込んだところで足を止めたので、大男のお尻にぶつかりそうになっている。大男は狭い戸口をいっぱいに塞いでいる。何も見えない。何に驚いているのかもわからない。

その時、大男の身体越しに声が聞こえてきた。

「おう、入ってきねぇ。お前《め》ぇたちの塒《ねぐら》だ。なにも遠慮はいらねぇぜ」

小男にはその声に聞き覚えがあった。

「禄太郎《ろくたろう》兄ィ」

小男は身を屈めると、大男の股の下をくぐり抜けて長屋に入った。

薄汚い長屋の板敷きに、茣蓙《ござ》が一枚敷かれている。その茣蓙の上に悠然と胡座《あぐら》をかいて、半身になった色男が、細身の煙管を気障《きざ》に構えて、紫煙を燻《くゆ》らせていたのであった。

色男はチラリと流し目をくれた。

「おう、シンタか。お前ぇ、相変わらずせわしなくっていけねぇ」

まるで役者のように、いちいち物言いと態度が芝居がかっている。痩せた面貌《めんぼう》は白粉《おしろい》を塗ったように白く、黒い目張りでも入れているみたいに睫《まつ》毛《げ》が濃い。さらには髪の鬢《びん》の辺りから一、二本、髪をピンピンと散らしていた（シケという）。人呼んで、白面《はくめん》小僧《こぞう》ノ禄太郎。白面とは美男の整った顔のこと。裏街道ではそこそこに名の通った悪党であった。

この美貌を武器にして未亡人の差配する商家や庄屋屋敷に潜り込む。旅の途中で急病に悩んだふりをして、妖艶《ようえん》に美貌を顰《しか》めさせて見せれば、孤閨《こけい》に悩む後家などイチコロだ。などと、禄太郎本人は軽薄に豪語している。

そうやって相手の懐に飛び込んで、手練手管《てれんてくだ》でたらし込んだあげく、盗人仲間を引き込んで、有り金を全部奪っていく。まさに女の敵の悪党であった。

しかし、加齢とともに容色も衰え、最近では首尾よく事が運ばなくなっている。本人も（そろそろ別の手管を考えなくちゃならねぇな）などと思っているのだが、しかし、看板役者気取りの物腰は、なかなか直るものではなかった。

と、こんなろくでもない悪党を兄貴分と慕っているわけだから、大男の大松と小男のシンタもまともな人間であるはずがない。

大松とシンタは身を屈めながら板敷きにあがって、膝を揃えて低頭した。

「兄ィ、お早いおつきで」と大松。

「道中ご無事でなによりでござんした」シンタが挨拶した。

禄太郎は、尊大な態度で頷《うなず》き返すと、カンッと音高く、煙管の雁首を灰吹に打ちつけた。羅宇《ラウ》に残った脂と煙をプッと吹いて、キリッと背筋を伸ばしたまま、煙管を莨《たばこ》入れにしまい込んだ。

「なに馬鹿なことを抜かしていやがる。オイラの塒は横山町《よこやまちょう》。浅草なんざ神田のお堀を渡ってすぐだ。道中も何もあったもんじゃねぇ」

横山町は両国橋西の橋詰の近くにある。浅草までは半里（二キロメートル）も離れてはいない。これを〝道中〟と呼ぶのは大げさだ。

しかし、シンタと大松は、恐々と視線を交わしあっている。

禄太郎は細く整えた眉根を寄せた。

「なんだえ。なにか、気にかかることでもあるのかえ」

「へ、へい」

　シンタが身を乗り出した。

「それが兄ィ、ちょっと面倒なことになっちまったんで」

「面倒なこと？　なんだえ。もったいつけてねぇで早く言いなよ」

「へい」

　シンタは真っ青な顔をしている。額には、この寒いのに玉の汗を浮かべていた。それに気づいた禄太郎は、ますます柳眉を険しくさせた。

　シンタはゴクッと生唾《なまつば》を飲んでから、乾いた唇を開いた。

「南町の八巻が、吉原面番所に乗り込んできやがるそうなんで……」

「なんだと？」

　禄太郎はガッと片膝を立てて、莨盆を片手で脇に寄せた。驚く様まで芝居がかっている。

「南町の八巻だと！」

　昨今売り出し中の同心だ。南町一の切れ者だとの呼び声も高い。さしもの禄太郎も、二枚目看板役者のように構えてはいられなくなった。

「そいつは確かな話なのかい」

「へ、へい。四郎兵衛番所の男衆どもが言ってやしたし、総籬《そうまがき》の大見世の牛太郎まで噂していやがったんで、まちげぇのねぇ話かと……」

禄太郎の細い眉と切れ長の目尻が吊り上がった。

「どういうことだい。どうして八巻が、吉原なんぞに乗り込んできやがるんだ」

「へい……」

シンタは面目なさそうに首を垂れた。

「丁子屋の女郎を殺《や》った件について、検《あらた》めにきやがったんじゃねぇのかと」

「丁子屋の春駒か。客に罪をなすりつけたんじゃねぇのかい」

「へぇ……」

禄太郎はドンッと床を踏み鳴らした。

「手前《てめ》ぇたち、細工をし損じたってことかよッ？」

「め、滅相もねぇ！　細工は流々、間違《まちげ》ェなく、あのしょぼくれた商人《あきんど》野郎が殺ったと見せかけることができたはずでさぁ」

シンタはますます悪い汗をかいて、必死になって抗弁した。大松も肩を小さく窄《すぼ》めてうなだれている。もっとも大松の場合、肩を窄めてもその肩幅は、常人の二倍近くあるのだが。

シンタは青い顔で続けた。

「じっ、実は兄ィ、妙な話も聞きつけやしたんで……」

「どんな話だ」

「へい。あの夜、三国屋の若旦那が、丁子屋に呼ばれたらしいんで……」

「丁子屋に三国屋の放蕩息子が？　どうしてだ。あの放蕩息子は引手茶屋か総籬の大見世にしか登楼しねぇ。なんだって、丁子屋みてぇなケチな中見世に揚がるんだい」

「へえ、もしかしたら、あのしょぼくれ親爺、三国屋の若旦那の、知り人だったんじゃねぇのかと」

禄太郎は「チッ」と舌打ちをして、座り直した。

「そいつぁちっとばかし面倒だ。三国屋の若旦那の言うことならば、吉原のモンはたいがい聞き入れるぜ。春駒殺しの一件を揉《も》み消しにかかったのかもしれねぇ」

遊女の人権など無いに等しい。もともとが金で買われてきた〃商品〃だ。しかもほとんどの遊女は、年季明けを待たずに病に倒れて死んでしまう。死んだら投げ込み寺に投げ捨てられて、お経のひとつもあげてもらえない。

最初からそのような扱いであるから、殺されたとしても、金の力で内済にすることができてしまったりする。三国屋ほどの大金持ちなら尚更だ。

（だが、待てよ）と、禄太郎は考え直した。

「金で弁済されて、丁子屋の主がウンと言ったのなら、それならそれで、事は丸く治まったはずだぜ。それなのにどうして南町の八巻が、わざわざ首を突っこんで来るんだえ？」

「へい。聞いた話によりやすと、三国屋の若旦那は八巻に命を救われたことがあるんだそうなんで。その時にゃあ礼金もたっぷりと積んだってんで、三国屋と八巻は持ちつ持たれつ、親しくつきあう間柄。若旦那の頼みを聞き入れて、八巻が動いたのに違《ちげ》ぇござんせん」

禄太郎は苦々しげに袖など捲《まく》り上げた。

「とんだ藪蛇ってことかい。八巻に乗り込んでこられちまっては、これからの仕事がやり辛《づれ》ぇぜ」

「へぇ。八巻の野郎め、とんでもなく鼻が利くって話で……。ですから兄ィも、この長屋にゃあ近づかねぇほうがいいんじゃねぇかと」

大松も大きな顔を頷かせた。

「八巻の野郎にゃあ、荒海《あらうみ》ノ三右衛門《さんえもん》てぇ大親分がついておりやす。八巻は荒海一家の子分どもを手足のように使っていやがるとか。……もしかしたら、もう、八巻に言いつけられて吉原に乗り込んでるかもわからねぇ」

しかし禄太郎は、かえって闘争心をかきたてられたような顔つきで、フンと鼻など鳴らしてみせた。

「心配《しんぺ》ェするんじゃねぇ。オイラの変化《へんげ》の術《わざ》は、そう易々と見破れるもんじゃあねぇ」

禄太郎は色男特有の過剰な自信の持ち主である。その自信がかえって危なっかしい。大松とシンタはそっと視線を交わしあった。

「それで兄ィ」

シンタが膝をズイッと進めて詰め寄る。

「親分には、なんてお伝えするおつもりなんで」

「むぅ、あるがままを伝えるしかねぇだろうぜ。……それよりお前ぇら、あっちの細工のほうは、首尾よく運んでいるんだろうな」

「念を押されるまでもござんせん。遊び人に扮した者たちも、続々と吉原にあつまっておりやすぜ」

「馬鹿野郎ッ」

突然、禄太郎が激昂した。

「なにが念を押されるまでもございません、だ。得意気なツラをしやがって！　元はと言えば、手前《てめ》ぇらの不始末のせいで、八巻を吉原に呼び寄せちまったんじゃねぇか！」

「へっ」

シンタと大松は、慌てて平伏して、額を床板に擦《こす》りつけた。

禄太郎はパッと着物の裾を払って立ち上がった。

「とにかく、次第を頭の耳に入れて来る。手前ぇら、お叱りを覚悟しておけよ」

シンタと大松は顔面を真っ青にさせた。

この巨漢をも怯《おび》えさせてしまうほどの大悪党が、この三人の頭分なのであった。

四

吉原の奥、羅生門《らしようもん》河岸にもほど近い場所に三日月《みかづき》長屋はあった。薄汚いあばら家が建ち並んでいる。ベンガラ格子の美しい表見世とは裏腹の陋巷《ろうこう》。これが吉原のもうひとつの顔でもあった。

長屋の角に地蔵堂があった。地蔵堂と言ってもかなり大きな造りだ。御堂の中に十人以上が一度に入ることができるだろう。

地蔵菩薩は閻魔《えんま》大王と同体だといわれていて、地獄に落ちた者を救う力を持つと信じられていた。吉原に生きる者たちにとっては、有り難い仏様である。客からもらった花を、そっと供えに来る遊女もいた。


人気の途絶えたお堂に、一人の女が足音を忍ばせてやってきた。

お堂の扉に手をかけて、扉を開けると同時に潜り込んだ。背後の扉が閉まると、お堂の中は薄暗い闇に閉ざされた。

石造りの大きな地蔵が鎮座している。座像ながら壇も含めて七尺（約二メートル）はありそうだ。女は、地蔵像に向かって平伏した。

「夜霧ノ治郎兵衛一味の残党、お峰《みね》にございます」

お峰が挨拶すると、地蔵の裏からスッと男が姿を現わした。だが、顔は横に向けていて、お峰の位置からは横顔の、鼻と口元しか見えない。しかも黒々とした影になっていた。

「あんたがお峰さんかい。噂は耳にしているよ。女ながら、なかなか手練《てだれ》の殺し屋だとか」

「畏《おそ》れ入ります」

お峰は恐縮しきった様子で平伏した。

お峰は、夜霧ノ治郎兵衛一党に加わっていた女悪党だ。一党の中では客分の扱いで、浪人剣客の佐久田《さくた》と組んで殺人を請け負っていた。

しかし、その佐久田は南町の同心、八巻と戦って斬り殺された。

さらには夜霧の一党も次々と八巻に挙げられて、最後には全員が捕縛された。

同心八巻には怨《うら》み重畳《ちょうじょう》。かならずやこの手で八巻を絞め殺し、佐久田と一党の無念を晴らすのだと心に決めていた。

お峰は影に向かって平伏した。

「火男《ひょっとこ》ノ金左衛門《きんざえもん》親方に、お願いの筋があって参じました」

ひょっとことは、二つ名にしても芳しくないし、勇ましくも恐ろしげでもない。しかし人影は、まったく気にしていない様子で、頷きかえした。

「なんだね」

お峰は膝を半分ほど前に滑らせた。

「手前を吉原の妓楼に潜り込ませる手筈を整えて頂きたいのでございます」

「しかしお前さん、羅生門河岸の切り見世ならば、潜り込むにも雑作はいらない。わざわざこの金左衛門を訪ねてきたからには、そうとうの大見世に潜り込みたい様子だね？」

「あい。金左衛門親方に口利きをいただければ、総籬の大見世に潜り込むこともできる、とそのように耳にいたしましたもので」

「ふん。まぁ、あたしも悪党仲間には顔が利く。どこの見世でも少しは弱みを抱えているもんだ」

吉原と悪党は持ちつ持たれつであるから、楼主に無理を押しつけることも難しくはない。

「それでお前さん、どこの見世に入りたいんだい？」

「あい。大黒屋……」

「大黒屋？　ふーん。確かにあそこは、女衒《ぜげん》にとっても敷居の高い大見世だ。小娘の時分に売られてきたならともかくも、あんたのように歳をくってから潜り込むのは難事だね」

「そこを、親方のお力でなんとか」

火男ノ金左衛門は、暫《しば》し無言で考え込む様子だったが、やおら、口を開いた。

「お前さん、大黒屋に潜り込んで、それからどうするつもりだえ？」

「あい。憎き敵《かたき》を、この手で仕留める覚悟でございます」

「その、敵というのは？」

お峰は答えた。

「敵は二人。三国屋の放蕩息子と、南町の八巻……」

金左衛門は「なるほど」と頷いた。

「治郎兵衛さんは、この二人の手にかかって捕らえられたんだっけね」

「あい。この二人の息の根を止めて、仲間の敵を討たないことには、手前の立つ瀬もございません」

「なるほど、大黒屋は三国屋の放蕩息子が贔屓《じっこん》にしている見世だ」

「あい。三国屋の放蕩息子と南町の八巻は昵懇の仲。まずは放蕩息子に近づいて、隙を見て、八巻と首を揃えて討ち取る所存にございます」

金左衛門は、感心したような、呆《あき》れたような、顔をした。

「女だてらに恐ろしいことを考えなさるね」

お峰は挑戦的な眼差しを金左衛門に据えた。

「女だからこそ、成しうる殺し、でございます」

金左衛門は一つ、膝を打った。

「よーし、わかった。面白い。お前さんのその心意気が気に入った。悪党は相身互いだ。力を貸そうじゃないか」

「ありがとう存じます」

お峰は、金左衛門の黒い影に向かって再度平伏し直した。

「しかしね」と金左衛門は言い添えた。

「わしたちもこの吉原では一仕事企んでいる。その邪魔をされては困るのだ」

「大恩を受けた金左衛門親方に仇《あだ》なすことなど、どうしてありえましょう」

「うむ。それだ。お峰さんにも力を貸してもらいたいのだ。それを呑むと言うのであれば、大黒屋さんの件は引き受けよう」

「どういったお仕事を」

「それは……」

金左衛門の声が低くなる。しかしお峰の耳には良く聞こえた。

「それは、大仕事でございます」

「事が成った暁には、お前さんにも相応の分け前を用意しよう」

「ありがたいお志」

「受けてくれようかね」

「もちろんにございます。一味の手下同然に、お引き回しくださいますよう」

「うむ。これで話は出来た。満足だ。――お峰、頼りにしているぞ」

金左衛門がニヤリと笑った気配がした。口調が子分に対するのと同然のものとなった。

「万事、お任せくださいますよう、火男のお頭」

お峰は三度、平伏した。

五

翌朝。吉原面番所に新任の同心が赴任してきた。大門の前まで駕籠《かご》で乗り付けると、スラリと駕籠から降り立って、腰の扇子をチョイと開き、冬なのに胸元を優雅に扇ぎたてながら、大門を見上げて莞爾《かんじ》と微笑《ほほえ》んだ。

黒の三ツ紋つき巻羽織。お成り先着流し御免の小粋な姿が厭味《いやみ》なほどに決まっている。

「やぁ、あれが南町の八巻様かい」

朝帰りの遊客たちが囁《ささや》きあう。

南北町奉行所も手を焼く大悪党どもを次々と捕縛し、いまや南町一の切れ者同心だと評判も高い。

剣の腕前は折り紙つき。人斬り稼業の浪人などでは太刀打ちできない。実際何人もの辻斬りや、悪党一味の用心棒たちを斬り捨ててきた凄腕《すごうで》だ。

にもかかわらずその容貌は、三座の役者にも引けをとらない美しさだという。

客ばかりか遊女たちまで、二階座敷の手摺《てす》りに鈴なりになって、噂の同心を一目見ようと身を乗り出していた。四郎兵衛番所から男衆が、町の奥からは吉原の名主衆が駆けつけてきて、平身低頭、八巻を迎えた。

「ああ、出迎え、ご苦労だね」

同心八巻は噂に違《たが》わぬ大物ぶりで、艶然《えんぜん》と名主や強面《こわもて》の男衆に微笑み返した。

その背後には巨漢の浪人者と、豪華な身形《みなり》の若旦那、さらには幇間まがいの岡っ引きまで従えていた。

遊客のささやき声が大きくなる。

「ありゃあ、三国屋の若旦那じゃあねぇか。江戸随一の大通人が、どうして八巻様のお供をしていなさるんだェ」

「お前、知らねぇのか。夜霧ノ治郎兵衛一党に拐《かど》わかされた若旦那を、一党の手下どもを次から次へと斬り捨てながら救い出したのが八巻様よ。三国屋のほうじゃあ恩義に感じて下にも置かねぇ。八巻様の御為なら千金万金、いくらでも積もうっていう話だぜ」

「そいつぁ豪気だ。三国屋まで後ろ楯にしちまったんじゃあ、なおさら怖いもの無しだぁな」

そんな囁き声を軽く聞き流しながら、同心八巻――実は役者の由利之丞は大門をくぐった。さんざん嫌だとゴネたわりには、すっかりその気で、噂の切れ者同心になりきっている。

右に左に視線を投げて、仲ノ町の通りを挟んだ総籬の大見世を見渡すと、

「南町奉行所同心、八巻卯之吉。只今吉原に、アァ、着任したぁ〜りィ」

と、大見得を切って声を張り上げた。

見守っていた遊客と、遊女たちがワアッと沸いた。万雷の拍手に包まれる。由利之丞は満足そうに、集まった者たち一人一人に笑みを返して頷いた。

「ちょ、ちょっと、旦那！」

銀八が慌てて由利之丞の袖を引いた。

「やりすぎでげすよ!」

「まぁ、いいじゃないか、これぐらい」

芝居の舞台ではいつも端っこ、台詞《せりふ》も貰えない由利之丞である。ここぞとばかりに大舞台を満喫している。

銀八は頭を抱えた。由利之丞を同心八巻に仕立てる策は、卯之吉の発案ではあるのだが、本当にこの先うまく運ぶのだろうかと心配になってきた。


南町奉行所同心の八巻卯之吉(その正体は陰間の由利之丞)は、時の吉原総名主である三浦屋《みうらや》の座敷に揚がった。

さすがに役目で乗り込んだので、遊女の接待などはない。通された座敷も遊興用のものではなく、接客用の地味なこしらえだ。

床ノ間の前には、先に乗り込んできていた沢田彦太郎が座っている。吉原の者たちは沢田こそが春駒殺しの下手人であると信じきっている。できることなら桶《おけ》伏《ぶせ》にしておきたいぐらいの気分だ。

沢田のほうも、自分が疑われていることは十分承知しているので、なんとも居心地の悪そうな顔をしている。顔色はますますドス黒く、挙動不審で視線は定まらず、額には汗を滲《にじ》ませていた。

疚《やま》しいことがないのであるなら堂々としていれば良い。沢田自身もそう思っているのだが、そう思えば思うほど、焦りが顔に出てしまうのだ。

沢田の隣には由利之丞が座っている。こちらは、黒紋付きの格好で上座を占めているのが嬉しいらしくて、終始上機嫌に微笑んでいる。

呑気《のんき》なものだが、それこそが切れ者同心の余裕に見えないこともない。

沢田も、八巻卯之吉として乗り込んできたのが、まったく知らない顔だったので驚いたのだが、すぐに卯之吉に耳打ちされ、「これも下手人を捕まえるための策なので」と言われて、渋々と納得した。

その卯之吉は三国屋の若旦那の姿で控えている。さらには銀八と、水谷弥五郎も同席していた。

そんな奇妙な南町奉行所のご一行を、吉原総名主、三浦屋の楼主、甚三郎《じんざぶろう》と、四郎兵衛番所の四郎兵衛が、困惑の表情で見つめていた。

南町の八巻様は切れ者だが、型破りの御方だ――という噂は、吉原にも伝わってはいる。しかし、型破りにもほどがある。江戸随一の豪商の若旦那と、どう見ても幇間にしか見えない岡っ引きと、おぞましい殺気を全身に漲《みなぎ》らせている人斬り浪人を配下として連れ歩いている役人など見たこともないし、聞いたこともない。

まだしも、猿と犬と雉《きじ》を配下にしている少年大将のほうが納まりが良い。

しかし、ここで首をひねっていても始まらない。甚三郎は膝を前に滑らせて、平伏した。

「吉原総名主、三浦屋甚三郎にございまする。どうぞ、お見知りおきを願い奉りまする」

「うむ」

「うん」

と、沢田と由利之丞が同時に返事をした。

枯木のように痩せて貧相な内与力と、芝居者の若衆のような同心の組み合わせだ。甚三郎はますます、困惑してしまった。

「して、沢田様、八巻様、春駒を手にかけた下手人の目星はおつきになったのでございましょうか」

沢田も由利之丞も答えない。答えられない。

三浦屋甚三郎は、チラッと視線を卯之吉に向けた。

「こちらの、三国屋の若旦那様のお口添えもございます。なんでございましたら、内済、ということにいたしても宜《よろ》しゅうございますが？　この三浦屋甚三郎めが、吉原総名主の名にかけまして、丁子屋と掛け合いをいたしましょう」

するとと沢田が、青黒い顔に血の気を昇らせた。

「それではまるで、このわしが、人殺しを揉み消してくれ、と頼んでおるかのようではないかッ！」

「はぁ……」

甚三郎は、由利之丞と卯之吉に、交互に視線を向けて、その顔色を窺《うかが》った。明らかに、沢田を下手人だと決めつけている顔つきだ。そのうえで「この内与力様をどう扱ったら良いですかね？」と、由利之丞（同心の八巻）と卯之吉（三国屋の若旦那）に確かめている顔つきであった。

「まぁ、お待ちくださいましよ」

と、発言したのは卯之吉である。

「まだ、沢田様が手にかけたと決まったわけではございません。ことの次第を究明するために、こちらの、八巻様が乗り出してこられたのですしねぇ」

由利之丞は傲然《ごうぜん》と胸を張って、自信ありげに頷いた。

「左様、そこな三国屋の申す通りじゃ。この八巻が乗り出したからには、もはや一件は落着したも同然と思うがよいぞ。いかなる悪事も、この八巻の眼力からは、ああ、逃れられぬぞえー」

チョンと拍子木が入って、大向こうから「イヨッ、由利之丞！」と声がかかりそうな大見得を切っている。

三浦屋甚三郎は、（これはいよいよ変わり者の同心様だ）と、内心で呆れ返った。

とはいえ、才人に変人が多いことは良く知られている。この八巻も数々の難事件を解決した実績を誇っているのだ。おまけに剣の達人だともいう。ふざけた態度は、おのれに自負するところが大きいからなのかもしれない。

「それでは、下手人探しは、八巻様にお任せいたしとうございまする」

「うむ。大船に乗ったつもりでおれ。この八巻に任せておくが良いぞ」

由利之丞は、自分は八巻に扮するだけで、探索や推理は他人任せだから無責任に請け合った。

「これは、畏れ入ったお言葉で……」

三浦屋甚三郎は低頭した。それから水谷弥五郎に視線を向けた。

「そちらのご浪人様は」

卯之吉が答えた。

「八巻様のご配下として動いていらっしゃる御方ですよ」

甚三郎は納得した様子で頷いた。

「ははぁ、身辺を護るお役目ですかな」

もし、本当に真の下手人がいるのだとしたら、その悪党との決闘も考えられなくはない。

水谷弥五郎は険しい顔つきのまま頷いた。

「左様。この水谷がついておる限り、八巻氏には遊女どもの指一本たりとも触れさせはせぬ」

甚三郎は、水谷の言い間違いか、あるいは自分の聞き違いか、と思った。

しかし水谷はあくまで本気だ。万が一にも遊女たちが、可愛い由利之丞にちょっかいをかけたりしないようにと、この吉原に乗り込んできたのであった。

卯之吉としては、理由はどうあれ、水谷が由利之丞の身辺を護ってくれるのは有り難い。しかも只働きである。無料で水谷弥五郎の豪剣をあてにすることができるのだ。

三浦屋甚三郎は、斜め後ろに控えた四郎兵衛に目を向けた。四郎兵衛は、軽く頷いて口を開いた。

「そういうことでございますならば、是非とも、下手人を挙げていただかねばなりませぬぞ」

四郎兵衛は四郎兵衛番所の責任者で、この吉原の治安維持を担当している。四郎兵衛番所は、初代の親方（責任者）の名が四郎兵衛だったことから、そう呼ばれている。親方は何度も代替わりをしたが、番所は四郎兵衛番所と呼ばれ続け、親方も代々四郎兵衛と通称された。

当代の四郎兵衛は四十代後半ぐらいの年格好で、長年、吉原で暴れる悪漢や酔っぱらいと戦ってきたので顔面が傷だらけだ。じつにふてぶてしい、怪異な容貌の持ち主であった。

しかも吉原は徳川家康から直々にお墨付きを賜った町だ。一種の治外法権である。だから四郎兵衛番所などという自治組織が機能しているともいえる。

四郎兵衛番所は、徳川家康の威光も借りて、じつに尊大で荒々しい。町奉行所なにするものぞ、ぐらいの気構えでいる。「同心様よ、そこまで大見得を切ったからには、絶対に下手人を挙げてもらうぞ、さもなくばその内与力を引っくくって、評定所に突き出してやるからな」とでも言わんばかりの鼻息だった。

その猛々《たけだけ》しさを肌に感じて沢田は冷や汗を滴らせ、由利之丞はこっそりと卯之吉に弱々しい視線を向けた。卯之吉は、微笑を浮かべて沢田と由利之丞に頷きかえした。じつに頼もしげな姿であった。

ところが実は、なんの手立てもない。ただ、微笑んで頷いただけである。卯之吉とは、そういう男なのだ。

しかし由利之丞の目には、いかにも自信満々で、下手人の手掛かりをすでに摑んでいるかのように見えた。

なので由利之丞も、自信満々に答えてやった。

「あいわかった。万が一にもこの八巻が、下手人を捕らえられなかった暁には、四郎兵衛番所は、ここな沢田様を、存分に引っ立てて行くが良いぞ」

沢田が「ひいっ」と咽《のど》を鳴らして由利之丞を凝視したが、もはや、口から出た言葉を引っ込めることはできない。

四郎兵衛は、ふてぶてしく薄笑いを浮かべながら、低頭した。低頭したが、視線は上目づかいに由利之丞を睨《にら》みつけている。

「南町一との呼び声も高い八巻様だ、よもや二言はございますまい。この四郎兵衛、確かに承りましたぜ。四郎兵衛番所の男衆どもで宜しければ、ご存分にお使いくださいますように」

由利之丞も、役柄になりきってしまう芝居者だが、四郎兵衛の眼力に当てられては、さすがに素に戻って脅えを滲ませた。

卯之吉だけがヘラヘラと軽薄に笑っている。

「これは心強いねぇ。遠慮なく、援軍を頼むといたしましょう。ねぇ、八巻様」

どうしてこの緊迫感の中で笑っていられるのか、その場の全員が不思議そうに、卯之吉を見つめた。


「ああは言ったけどね、若旦那、本当に、大丈夫なんだろうねぇ」

三浦屋を出るなり、由利之丞が卯之吉の袖を引いて、小声で確かめた。

卯之吉は軽薄な笑顔を冬の澄んだ青空に向けた。

「さぁてねぇ。どうなることかねぇ。うふふ……」

由利之丞は焦った。

「ま、まさか、なんの手掛かりもない、なんて言うんじゃないだろうね！」

卯之吉は平然としたものだ。

「そのまさかさ。まだなんの手掛かりもないよ」

「なんだって！」

「と、言うかねぇ、あたしの見立てじゃあ、どう考えても、沢田様が下手人だとしか思えないのさ。そういう意味じゃあ、事件はすでに、落着したようなものだよねぇ」

「なんてぇお人だい」

由利之丞は呆れ果てた。

由利之丞は一行の先頭を肩を落として歩く沢田の背中に目を向けた。卯之吉を一縷《いちる》の望みと頼んでいるのであろうに、その卯之吉がこんなことを考えていると知ったら、どれほど落胆することであろうか。

と、その時、仲ノ町の通りの向こうから、遊び人ふうの中年男がやってきた。湯屋で昼風呂を浴びた帰りのようで、肩に手拭いを引っかけている。

「おう」

と、その男は、気安げに手を挙げて歩み寄ってきた。

「お前《め》ぇさん、今日はお武家の姿だねぇ」

馴れ馴れしく沢田に顔を寄せる。沢田は急いで顔を背けた。

「な、なんの話じゃ。わしはお前など知らぬ。誰ぞ、別人と見間違えておるのであろう」

遊び人気取りの町人姿で知り合った相手と、内与力姿で再会するのは、確かに、とんでもなく、恥ずかしいことである。

「へっ、そうかえ」

遊び人は今度は卯之吉に目を向けて「よお」と片手をあげた。

卯之吉も笑顔で会釈する。

「朔太郎《さくたろう》さんでございましたねぇ」

「そうよ。なかではそう呼ばれてらぁ。お前ぇさんは、こちらのお武家のお供かい。吉原で武サ公の世話なんぞ焼いていると、通人の評判が下がっちまうぜ」

伝法で遠慮のない物言いだ。

「なにを貴様、無礼な！」

沢田が激昂した。今にも二度目の殺人を、この吉原で行いそうな気色だ。

「おっと、こいつぁ口が滑った。堪忍信濃《しなの》の善光寺《ぜんこうじ》ってねぇ。それじゃあオイラは敵娼《あいかた》が待っているから失礼するよ」

いい気の調子で尻をまくって、吉原の奥へ消えていった。

沢田はまだ、怒りの治まらぬ様子である。

「八巻ッ、あの遊び人を存じておるのかッ」

八巻と呼ばれて、由利之丞と卯之吉は、どっちが答えたものかと二人して悩んでしまった。

沢田は頭から湯気をあげ続けている。

「吉原のこの低俗、浮ついた風紀には我慢がならん！」

通人気取りでこっそりと吉原に通っているクセに、役人として乗り込んできた時にはまた、別の思いが胸に湧いてくる様子であった。

第三章　憂鬱な人々

一

「それにしても、まったくたいした人出だねぇ」

卯之吉は浅草寺の門を見上げながら言った。

ここ数日、北風もやわらいで、すっかり春めいた陽気になっている。そのせいでか、浅草寺見物の客がドッと繰り出してきたようだ。

「真っ昼間から暇なお人たちもいたものですねぇ」

などと呆《あき》れ顔で卯之吉は評したが、卯之吉に従う銀八は、

（いいえ、若旦那ほどの暇人は他にございやせん）

と、心の中で呟《つぶや》いた。

今日の卯之吉は三国屋の若旦那の格好をしていた。屋敷を出る時「盛り場に出るのに、同心の格好ではあまりに野暮だよ」と、上役の与力などに聞かれたら切腹を仰せつけられそうな言葉を口走った。

卯之吉は、ここ数ヵ月の役人生活で、町奉行の同心というものが、町人たちから頼りにされているのと同時に、毛嫌いもされている存在だと気づいていた。黒い紋付きの巻羽織姿で盛り場などに乗り込んだら、町人たちの華やいだ気分も一瞬で萎《な》えてしまうだろう。

「わざわざ嫌がられることをする必要もないやねぇ」

ということで、町人姿で出掛けてきたのだ。

そのうえ浅草寺は寺社奉行の管轄だ。町奉行の同心などが同心風を吹かせながら乗り込むことはできない。

卯之吉の脇を、「わぁ」と歓声を上げながら美鈴が走り抜けていった。浅草寺の参道には物売りの店が立ち並んでいる。小間物やらお菓子やら、若い娘が好みそうな品々が色とりどりに並べられていた。

卯之吉が浅草寺まで出掛けてきたのは、奥山見物をしたいという美鈴のおねだりに抗《あらが》えなくなったからだ。銀八の強い勧めもあった。銀八とすれば、美鈴の凄《すさ》まじい太刀捌《さば》きを間近に見ているだけに、この女剣客が恐ろしくてならない。機嫌を損じたりしたら卯之吉と銀八など、二人並べて据え物切りにされてしまいかねない。などと恐怖していた。

今日の美鈴は年相応の、娘らしい着物を着ていた。聞けば、彼女の母親が娘時分に着用していた物らしい。

（とすれば、溝口左門先生が、若侍だった頃の話でげすか）

と銀八は考え、

（あの鬼瓦みてぇなおっかねぇ剣術先生にも、若侍の時分があったとは、ちっとばかし信じ難い話でげすなぁ）

などと考えた。

美鈴は、男装して袴を着けていた時と同じ大股の歩き方でドスドスと小間物屋に駆け寄った。店の前に張り出した台に並んだ派手やかな簪《かんざし》を覗《のぞ》きこんで、円《つぶ》らな瞳を爛々《らんらん》と輝かせている。剣術の稽古で相手を見据える時の眼力も凄まじいが、この時の眼光もまた、一味違った強烈さであった。

銀八は小首を傾《かし》げた。

「あの女剣客の鬼娘様が、小娘の髪飾りみてぇなモンに、どうして気を引かれなさるんでげしょうなぁ」

卯之吉は羽織の袖に両手を突っ込んで、微笑《ほほえ》ましげに美鈴を見守っている。

「さぁてねぇ……。美鈴様も剣術修行がお忙しくて、娘らしいことは何一つ、なさっていらっしゃらなかったそうですから」

女として一番華やかな時期を、精一杯、取り戻そうとしているのかもしれない。

卯之吉は幸せそうな人の姿を見るのが好きだ。美鈴を見つめているうちに、卯之吉のほうまで目尻がだらしなく下がってきた。


浅草寺の奥山に葦簾《よしず》掛けのひときわ大きな小屋が建っていた。鼠木戸はすでに黒山の人だかりだ。

「ああ、あれでげすな、評判の細工物ってのは」

奥山の冬枯れ対策のために念入りに作られたという噂の見世物だ。陽差しは春めいてきたとはいえ、まだまだ空気の冷たい季節だというのに、これほどの人を集めるのだからたいしたものだ。

「なんでも、見物料も三十二文だって話でやす」

である。

「ほぅ、それは凄《すご》いね」

見世物小屋の見物料としては最高額に相当するだろう。相場は八文から十六文である。

江戸っ子は安い値付けの物は安物としか見ないから、あえて高い値を設定するのも、評判を呼ぶコツではある。高い金を取られて、そのうえで素晴らしい見世物を見せられれば、「こいつぁイイものを見た」と素直に喜ぶのが江戸っ子であった。安くて良い物を尊ぶ上方とは、ちょっとばかり気質が異なる。

たいした人込みであるが、これを目当てに足を運んできたのだ。卯之吉は美鈴に引っ張られるようにして、掛け小屋に向かった。

「ううっ、寒いね。……早く小屋に入ろう」

寒さに弱い卯之吉は、見世物に期待するより、寒風を防げる小屋の中に入りたい気分のほうが先にたっている。卯之吉にとって冬の遊びは炬燵《こたつ》にヌクヌクと当たりながら鍋などつつく、というものが多かった。

ところが、順番を待って小屋の中に入ってみたら、これが外よりさらに寒い。葦簾掛けされて陽光が差し込まないからだ。しかも葦簾であるから風だけは容赦なく吹き込んでくる。

それでも作り物は、さすがに立派なものであった。

「へえっ、こいつぁてぇしたもんだ！」

銀八が目を丸くさせた。銀八という男は、どうでもいいことには大仰に驚いて見せるが、本当に驚いた時には、ごく普通に驚く。

高さは二丈（六メートル）ほどもあるだろうか、巨大な鍾馗像《しょうきぞう》が細く割られた竹で編まれている。竹の編み方で肌や鎧《よろい》や着物の質感まで表現されていた。

その鍾馗像が踏みつけにしているのは、病魔を象《かたど》った魔物だ。これも竹で編まれている。魔物は火を噴くという評判だったが、さすがに本物の火は噴かない。口のところに縫い付けられた赤い布が、鞴《ふいご》で送られた風によって靡《なび》いている。しかし確かに火を噴いているようには見える。風を送る裏方たちの腕の見せ所であろうか。

「これは確かに素晴らしいねぇ」

卯之吉も鼻水をすすり上げながら感嘆した。

それから、例によって、とんでもないことを言い出した。

「銀八、お前ね、ここの小屋主さんと掛け合って、この細工をあたしの屋敷に移してもらえないか、聞いてきておくれでないか」

銀八は卯之吉と長い付き合いであるから、たいがいの暴言には驚かない。真面目な顔つきで聞き返した。

「お屋敷に移して、どうなさるおつもりでげす？」

「うん。だって、ここは寒いだろう？　こんな素晴らしい細工物を眺めるのなら、自分の座敷で、ゆったりと炬燵に当たりながら眺めたいじゃないか」

銀八には返す言葉もない。

「ダメかねぇ？　八丁堀の屋敷だって、このぐらいの細工物は入るだろう？」

確かに、武士の拝領屋敷は無駄に広い。広い庭に長屋を建てて町人に貸し出し、家賃を取ったり、庭で畑作をしたり、盆栽を作ったり、金魚の養殖をしたりして、生活費を稼いでいるのが昨今の武士だ。

「でもねぇ若旦那、お庭には塀がございやすから」

銀八は諦めさせようと思って、そう言った。しかし卯之吉は、

「そんなもの、壊してしまえばいいじゃないか」

と、真顔で答えた。

この時期には多くの富豪が台頭している。我が身の富貴を競い合うようにして、常識はずれの遊びを繰り返していた。

桜の巨木を丸ごと一本買ってきて、屋敷内に入りきらないので庭に寝かせておいて、自身も寝ころがって花見をしたという有馬涼及《ありまりょうきゅう》など、珍奇な逸話を残した数寄者《すきもの》も大勢いた。

だから、卯之吉の発想も（蕩尽《とうじん》仲間たちの感覚では）普通のことなのかも知れない。しかし、武士が勝手に拝領屋敷の一部（この場合は塀）を壊したとあってはただでは済まない。しかも、細工物を庭に引き入れるため、などという理由では、まったく道理が通らない。

（間違いなく、切腹ものでげす……！）

震え上がった銀八は、必死で若旦那を宥《なだ》めなければならなくなった。

見世物小屋を出て、しばらく美鈴の買い物につきあった卯之吉は、そろそろ遊蕩の気分に誘われたのか、急にソワソワとしはじめた。

「それじゃあ、あたしは、もうちょっとばかり北のほうまで足を伸ばしますが」

江戸の男であれば、浅草まできて吉原を覗かずに帰ることはできない。江戸っ子の沽券《こけん》にかかわるというものだ。

卯之吉としては、一刻も早く登楼して、芯まで冷えた身体を炬燵と酒で温めたいのである。

しかし、目の前の男に吉原に行くなどと言い出されて、気分を害さない女はいない。美鈴は唇を尖《とが》らせた。

これはいけない、抜き打ちにされたら大変だ、と思った銀八は、急いで美鈴に釈明した。

「こっ、これが若旦那のお役目でげすから！　若旦那は吉原面番所の同心様なんでげすよ！」

美鈴は口惜しそうな顔で俯《うつむ》いた。

「どうぞ、ご無事のお勤めを」

ふてくされた顔つきで、クルリと踵《きびす》を返すと、袖を振り回しながら走り去っていった。

「……なんだろうね、あれは」

卯之吉はポカンとした顔つきで見送っている。銀八は、このお人は本当に何もわかっていないのだろうか、と訝《いぶか》しげに卯之吉の顔を覗きこんだ。

二

不夜城と呼ばれた吉原でも、暁八ッ（午前二時ごろ）ともなると、さすがにほとんどの者が寝静まる。江戸者は武士も町人も早寝早起きが基本であるから、この時刻まで起きているのは、放蕩者《ほうとう》の若旦那衆ぐらいだ。

シンタと大松は、こっそりと人目を憚《はばか》りながら三日月長屋にやってきた。長屋の角にある地蔵堂の扉を開けて、中に入った。

「お頭、シンタでごぜぇやす」

「大松も参《め》ぇりました」

二人が闇に向かって挨拶すると、火男《ひょっとこ》ノ金左衛門がウッソリと姿を現わした。

シンタと大松は額を床に擦《こす》りつけるほどに平伏した。金左衛門は石の地蔵を背にして、須弥壇《しゅみだん》の階《きざはし》に腰を下ろした。

「遅かったな」

くぐもった声が二人の頭上から降ってきた。

「へい。夜回りの中を抜け出してきやしたんで」

シンタが答えた。大松は舌の回る男ではない。口上を述べるのはいつもシンタの役割であった。

仲ノ町の通りでは軽業《かるわざ》の真似事をしている二人だが、本業は妓楼の若い者である。シンタは灯火に油を注して回るのが仕事、大松は用心棒兼風呂焚《た》きだ。

金左衛門は頭部全体をスッポリと火事場頭巾（山岡頭巾）で覆っていた。火事場で頭上から落ちてくる瓦や梁《はり》から頭を守るための頭巾で、厚く綿が入れられている。頬当てと肩被いまでついている。目玉を出す穴だけが空いていて、人相はまったく窺《うかが》い知れない。

この火事場装束が〝火男〟という異名の元になっているのだ。

金左衛門は鋭い眼光で手下の二人を睥睨《へいげい》した。

「お頭」

シンタが金左衛門に向き直り、床板に片手をついて、顔をあげた。

「お言いつけにしたがい、付け火の準備、整えましてございます」

「ああ。ご苦労だったな」

金左衛門は遠くを見るような目つきをした。

火男ノ金左衛門は謎の男である。一味の子分たちでさえ、金左衛門がどこの何者なのか、その前身は何であったのかを知らない。

物腰や口調から察するに武士だったことは間違いなさそうだ。炎に対する異様なまでの執着から、元は大名火消に関わる者だったのではないか、と、子分たちは推察していた。

シンタが苦渋の表情で口を開いた。

「お頭のお耳にも、すでに達しておられましょう。南町の八巻が、乗り込んでめぇりやした」

シンタはおそるおそる目を上げたが、暗い地蔵堂の中である。頭巾を被った金左衛門の表情はまったく窺えなかった。口元の当て布が動いて、陰気な声が聞こえてきただけであった。

「その話なら聞いた」

シンタは改めて平伏した。

「あ、あっしらの、手抜かりにごぜぇます！　どうぞ、ご存分にお仕置きを！」

大松も大慌てでシンタに倣《なら》った。

どうせ仕置きを受けるのなら、反省の態度を示して、慈悲を乞うたほうが良い、と、二人は思案してきたのである。

平伏し、恐怖に身を震わせる手下二人を、金左衛門は暫《しばら》く無言で見つめていたが、ようやくに口を開いた。

「お前たちのしくじりではないだろう。しくじりを犯したものがいるとすれば、それは、お前たちに安太郎殺しを命じたこのわしだ」

「め、滅相もねぇ」

シンタは、慌てて首を横に振った。大松も野太い声を振り絞る。

「まったくお頭のお指図どおりに、首尾よく事は運んだんでさぁ。しくじりなんか、しでかした覚えはねぇんで」

金左衛門は訊ねた。

「あの夜、何があったのか、詳しく言ってみろ」

「へ、へい」

口下手で思慮も少しばかり足りない大松に代わって、目端の利いたシンタが語りはじめた。

「あの夜、お頭の睨《にら》んだ通り、安太郎の野郎は丁子屋に忍んで行きやした。あっしと大松は、お言いつけ通りに安を見張っていやしたんで」

安太郎は、丁子屋の裏手にある天水桶を上手く使って、丁子屋の屋根に登った。

「安は座敷の様子と、通りを歩く遊び人を気にしていた様子でいやしたが、頃合を見計らい、窓障子を開けさせて座敷に乗り込んで行きやした」

「それで、どうした」

「へい。あっしらはお頭の言いつけ通りに、少し離れた通りで千八《せんぱち》兄ィたちに喧嘩を起こしてもらいやした」

大松がニヤニヤと笑った。

「もともと紋日で人通りも少なかったですがね。少ない遊び人連中も喧嘩見物に行っちまったってわけで」

「まったく、お頭の神算にゃあ頭が下がりやす」

手下二人におべっかを使われても、たいして喜ぶ様子もなく、かえって不機嫌そうに金左衛門は続きを促した。

「それで」

「へい。あっしは大松の肩に担ぎ上げられて、屋根に飛び移ったんで。窓障子越しに聞き耳を立てていると、安の野郎め、お頭の睨んだ通り、春駒と手に手を取って道行き——なんていう相談をしていやがりました」

「火付けの算段を語って聞かせていたのか」

「へい。春駒に、吉原が火の海になるから、大門に逃げろ、などと」

金左衛門の頭巾が怒りにふるえた。

「安太郎め、小才があると見込んで事の次第を聞かせてやればこの有り様か。遊女などに心を惑わされ、一党の秘密を語って聞かせるとは何事」

「へい。安の野郎はすっかり怖《お》じ気《け》づいたのに違《ちげ》ぇねぇんで。フン、たかが女郎の一人や二人、焼け死んだって誰も悲しみゃあしねぇってのに」

安太郎の裏切りを予見した金左衛門は、安太郎と春駒を始末して、永遠にその口を封じるよう、シンタと大松に命じていたのだ。

「そのあと、安の野郎め、春駒と繋り始めやがったんで。野郎の匕首《あいくち》使いはちと手強《てごわ》いが、一物を女に突っ込んでいる時ばかりは身動きも叶《かな》うめぇと、あっしは座敷に飛び込んで、安の野郎と春駒を、続けざまに匕首で……」

「その匕首は、座敷に残してきたのであろうな」

「へい。これもお言いつけ通りにいたしやした。春駒の胸に、ブッスリと刺したまま」

「ならば、下手人は春駒の客だと思われたであろうに」

「へい。……しかし、どうしてだか八巻の野郎が……」

大松が口惜しげに言った。

「こんなことになるんなら、春駒のお骸《ろく》も担ぎ出してしまうんでしたぜ。そうすりゃあ、安太郎と駆け落ちしたっていうことになりやしたでしょうに」

殺された安太郎の死体を二階座敷から素早く担ぎ下ろしたのは、怪力無双の大松であった。普段、シンタを肩に乗せているぐらいだから、安太郎を担ぎ出すことなどわけもない次第であった。

金左衛門がギロリと目を剝《む》いた。

「あの座敷には、安太郎と春駒の血が飛び散っていただろう。血飛沫《ちしぶき》だけ残して二人の死体を隠したら、それこそ町奉行所の厳しい詮議《せんぎ》が入る。……あれで良かったのだ」

二人を殺し、安太郎の死体だけを大松の怪力で二階座敷から担ぎ下ろさせ、春駒殺しの罪は、春駒の客になすりつける。すべてはそれで上手く行くはずだったのだ。

金左衛門は暗澹《あんたん》として、思案を巡らせはじめた。

（八巻め、いったい何に勘づいたのか……）

金左衛門は、子分たちには泰然と構えていたが、内心では激しく臍《ほぞ》を嚙んでいた。

安太郎と春駒の始末については、完璧に事を運んだはずだ。何度思い返しても、自分たちがしくじりを犯した、という実感はない。

にもかかわらず、数寄屋橋《すきやばし》御門前の南町奉行所から、浅草田圃《たんぼ》の外れにある吉原にまではるばると足を運んで、同心八巻が乗り込んできた。これはいったい、どういうことか。

（吉原面番所の同心に勘づかれた、というのなら、まだ話はわかる）

春駒の死体を検《あらた》めた同心に何かを気づかれた、ということは、考えられなくもない。しかし、あの夜八巻は八丁堀の組屋敷にいたはずだ。それなのにどうして、吉原くんだりの殺しの詮議に乗り出してきたのか。

八巻は千里眼などと言われている。千里眼とは千里も彼方の現象や光景を見ることができるという能力のことだが、金左衛門は怪力乱神（オカルト）は信じない。否、金左衛門に限らない。吉宗《よしむね》の意向で解禁となった蘭学の実証的な学問が、江戸の知識階層を席巻している時代である。この時代にまともな学問を修めた者であれば誰であれ、そんな馬鹿げたお伽噺《とぎばなし》など本気にしたりはしないであろう。

（ならばどうして、ヤツは吉原に乗り込んできたのだ）

まったくわからない。いったい何を嗅《か》ぎつけたのか。

世の中には天才という者たちがいる。その天才たちが何を考えているのかなど、凡人には計り知れない。

例えば将棋や囲碁だ、と金左衛門は思う。将棋や囲碁の天才たちと対戦すると、相手が何を考えてその駒を動かしたのか、そこに石を打ったのか、まったく理解できなかったりする。下手をすると最後まで理解できない。そして気がつくと大敗を喫しているのだ。

もしかしたら今、火男ノ金左衛門一党は、八巻という天才と対戦させられているのではないのか。八巻はすでに着々と布石を打っていて、気がついた時には金左衛門は、何をされたのかもわからぬうちに投了させられてしまうのではないのか、などと恐怖した。

（なにを馬鹿な……）

金左衛門は首を振って、己の弱気を振り払い、笑い飛ばそうとした。

（それに八巻は、春駒殺しに関わりきりのはずだ。我らの本当の狙いに気づくはずもないし、邪魔だてすることもできまい）

すでに付け火の用意は整った。目と鼻の利く切れ者でも、一党の思惑を暴くことは難しい。

（いかに八巻でも、我らが付け火を企んでいる、などと気がつくはずもない）

万が一、付け火に気づいたとしても、その先までは読めないであろう。付け火に気づいた八巻が、いかに上手に立ち回ったとしても、金左衛門一党の真の狙いまでは、察することができないはずだ。

（大丈夫だ。すべては、こちらの手の内で動いている）

八巻は後手に回っている。鬼神でもないかぎり、八巻が先手を打って邪魔だてをしてくることなどありえなかった。

金左衛門は目をあげた。手下の二人が無言で、金左衛門の言葉を待っている。手下どもの手前、弱気を見せることなどできない。大きく、堂々と構えていなければならないのだ。

「安太郎の死体はどうした」

「へい。人目につい ちゃあならねぇと思いやして、しばらく丁子屋の裏手に菰《こも》を被せて隠しておきやしたが、皆が寝静まる八ツ頃、車に乗せて羅生門河岸近くの空き地に運んで、埋めておきやしたぜ」

「見られてはおるまいな」

　大松が答えた。

「四郎兵衛番所の男衆《おとこし》に見られたとしても、あっしは風呂焚きだ。いつも車に薪《まき》を載せて運んでいやすから、怪しまれるこたぁござんせん」

「そうだろうな」

　するとますます判らなくなる。どうして八巻がこの一件を怪しんだのか。

　シンタが訊《き》いた。

「どうしやす、お頭。八巻の野郎の目を晦《くら》ませる策を講じておきやすかい」

「いや」

　金左衛門は即座に首を横に振った。

「案ずることはあるまいぞ。我らの狙いはあくまでも付け火だ。八巻が丁子屋の調べを進めているその間に、我らは吉原に火を放つ」

「お頭」

　シンタは不安げに金左衛門を見上げた。

「やっぱり、おやりなさるので」

「ああ。やる」

「しかし、八巻の野郎のことが、気にかかりやすぜ。吉原同心は一晩中、面番所に詰めているのが習わしでさぁ。吉原に出入りする者に、一人残らず目を光らせていやがるんで」

　八巻が差配する吉原で、八巻の目を盗んで付け火を働く。そんなことが果たして可能なのであろうか。

「だからこそだ」

　金左衛門は言った。

「この吉原を、八巻の目の前で、火の海にしてやるのだ」

　大松も浮かない顔をしている。

「お頭、智慧《ちえ》の巡りの悪いあっしにも、わかるように言って聞かせちゃあもらえやせんか。いってぇ、お頭は、何を企んでいなさるんで」

　一党の小頭格である白面小僧ノ禄太郎や、小才を頭に認められているシンタには通じているらしいが、大松はまだ、火男ノ金左衛門一党が何を計画しているのかを知らされていなかった。

「なにも、八巻の目の前で、悪事を働くことはねぇでしょう」

大松は、大きな身体に似合わず、少しばかり気弱なところがあった。

「八巻が吉原に目を光らせているからこそ、この吉原を焼き払うのだ」

「それは、どういうわけで」

金左衛門は、遠くを見るような目つきをした。

「浅草寺だ」

「へっ？」

「我らの真の狙いは浅草寺なのだ。吉原の付け火は、そのための〝仕掛け〟にすぎぬ」

大松は、不得要領の顔つきで、金左衛門を見つめた。

「あっしにゃあまったく話が見えやせん。何をお考えなのか、あっしにもわかるように教えてくだせぇ」

「いいだろう。わしが目をつけているのは浅草寺の寺銭なのだ」

「浅草寺の寺銭？」

「知らぬのか。今、浅草寺の奥山には評判の見世物小屋が掛かっておる」

「へい。たいした作り物だとか、吉原の客も噂しておりやした」

「左様。吉原の遊客めらが褒《ほ》めそやすほどだ。見物料も、さぞや溜まっているのに相違あるまい」

「へぇ。勧進元の浅草寺も、ホクホク顔でございましょうな」

「そうだ。その金が、浅草寺の金蔵に納められている」

今回のように大成功した興行であれば、周辺の茶屋にも客が入るから、かなりの大金が寺に納められたはずだ。

「おそらくは、千両ほどもあるだろう」

金左衛門は、頭巾から覗《のぞ》かせた双眸《そうぼう》を光らせた。

「さて大松よ、この吉原で、吉原全体が焼亡するほどの大火が起こったら、浅草寺はどうするであろうかな」

「へぇ。吉原と浅草寺は目と鼻の先でございやす。強風の日とあっては火の粉が降り注ぎ、いつ何どき、延焼するかわかったものじゃあござんせん。あっしが寺の坊主なら、寺の珍宝や賽銭《さいせん》なんぞを急いで外に運び出しやすぜ」

「その通りよ。それらの宝物や金は、いつもは頑丈な蔵に納められている。どんな怪盗でも破れるものではない。しかし、蔵から出されて荷車に載せられた時は、話が別だ」

「あっ、つまりお頭は、吉原を火の海にすることで、浅草寺の……」

「そういうことだ」

金左衛門は、頭巾の目出し穴から出した両目をギラリと光らせた。

「浅草寺の坊主どもに、寺宝や寺銭を蔵から出させなければならない。しかし、よほどの大火が迫らぬかぎり、坊主どもは蔵の扉を開けはしまい。左様、この吉原を焼亡し尽くすほどの大火が必要なのだ。吉原が炎に包まれれば、浅草寺の坊主どもは、必ずや、怯《おび》えて蔵の扉を開くであろう」

大松は、「ヘェッ」と声を上げて平伏した。

「さすがは火男のお頭だ！　あっしの頭なんかじゃ及びもつかねぇ。まったく、てぇしたことをお考えなさるぜ！」

浅草寺は飛鳥《あすか》時代に創建された寺である。江戸の鬼門を守る鎮護道場とされていた。その大寺院から金を奪い取るとは。神仏をも恐れぬ蛮行だが、そこは大松も悪党である。悪事は大きければ大きいほど、素晴らしいものだと考える。

「そういうことだ。吉原に火を放ったら、すぐに大門を抜けて浅草寺へと走るのだぞ。大門には遊客や、牛太郎に手を引かれた遊女たちが押しかけてくるだろう。フフフ……、いかな八巻でも手がつけられまい」

シンタが勢い込んで応じた。

「へい。八巻のツラの真ん前を、堂々と駆け抜けて御覧に入れまさぁ」

大松も喜色をあらわにする。

「そいつぁいいや！　さすがはお頭だ。武者震いがいたしやすぜ！」

「うむ。両名とも、その意気だぞ」

「へい。あっしらは安太郎のような腰抜けとは違いやすぜ！　任せてやっておくんなせぇ」

「うむ。シンタは付け火、大松は寺男が引く荷車を襲え。おそらくは浅草寺も大騒ぎだ。騒ぎに紛れて金を奪って逃げるのだ」

大松が応える。

「分かりやした。相手は大火事に怯えた坊主どもと寺男だ。赤子の手をひねるようなもんですぜ」

シンタが感心しきりの様子で顎など撫《な》でた。

「それにしてもお頭、あの八巻の目の前で、ぬけぬけと大仕事を働くとは。これで八巻の面目も丸潰れ、逆に火男のお頭の威名はますます高まる、ってぇもんですぜ」

露骨なお追従《ついしょう》だが、金左衛門もまんざらでもなく、目を細めた。

「八巻め、そろそろ誰かが天狗の鼻をへし折ってやらねばならぬ頃合だ。江戸の盗賊どもは皆、八巻の影にすら怯え、身を竦《すく》ませておるような有り様。ここで八巻に恥をかかせて、『八巻といえども一人の同心に過ぎぬ、恐れることなどなにもないのだ』ということを、見せつけておかねばなるまいよ」

シンタが頷《うなず》く。

「へい。江戸の悪党どもも、息を吹き返すことでしょう」

「そういうことだ。それでは、ぬかるではないぞ」

「へい」

声を揃えて返事をすると、シンタと大松は地蔵堂の戸を開けて、深夜の吉原に消えていった。

三

「気が揉《も》めやがるぜ」

八巻家の屋敷の台所に腰を下ろした三右衛門が、険しい顔つきで「ケッ」と横を向いた。

荒海ノ三右衛門は赤坂新町《あかさかしんまち》一帯を縄張りとする博徒の大親分だ。泣く子も黙る武闘派で、江戸の夜を支配する闇の顔役の一人でもある。

しかしこの三右衛門、数年前、ヤクザの出入りで大怪我を負った。その時に蘭方医術で救ってくれたのが、当時、蘭方医の修行中だった卯之吉。

一宿一飯の恩義でもけっしてなおざりにしないのが博徒の仁義である。命を救ってもらったのなら尚更だ。

しかもこの三右衛門、いかにも強面《こわもて》で、貫禄十分の大親分でありながら、幇間《ほうかん》の銀八に負けず劣らずの粗忽者《そこつもの》。卯之吉のことを、剣の腕も立てば、志操堅固で、おまけに頭も切れる大人物だと思い込んでしまった。

それで押しかけ同然に卯之吉の尻にくっついて、一ノ子分を自称している。江戸の博徒の顔役なのに、しがない一人の岡っ引きのように、卯之吉のために日夜奔走していたのである。

その三右衛門が八丁堀にある、八巻家の台所にのたくって、愚痴をこぼしている。さらには板敷きには美鈴の姿もあって、三右衛門親分に茶を給仕しながら、自身も同じように、沈んだ表情を見せていた。

「旦那が晴れてお役に就いたってぇのに、一ノ子分の、この三右衛門がお供できねぇたぁどういうこった。まったく、泣けてくらぁ」

子分どもの前では泣き言など、けっしてもらさぬ三右衛門だが、やはりそれでも一人の人間。たまには誰かに愚痴を聞いてほしいこともある。

三右衛門が卯之吉のお供ができないのには理由《わけ》がある。三右衛門が自分の縄張りを持った親分だからだ。

吉原は言うまでもなく、四郎兵衛番所の縄張りだ。そこへ余所《よそ》の親分が乗り込むことは許されない。仁義に反してしまうからだ。

ここは、四郎兵衛を信じて任せるより他にない。赤坂新町の三右衛門が乗り込むことは、「四郎兵衛番所はあてにならねぇ。このオイラに譲りな」と言っているのに等しく、四郎兵衛の体面を踏みつけにする行為。下手をすると四郎兵衛番所との喧嘩出入りに発展してしまいかねないのだ。

三右衛門と同じように、美鈴もヤキモキと身を揉んでいる。

美鈴は、卯之吉の正体がただの人――否、ただの人以下の体力しか持たない優男《やさおとこ》だということを知っている。

それなのになにゆえか剣客同心などと評されていて、次々と挑戦者が現われる。絶対に目を離すことができないのに、卯之吉は吉原大門の奥に行ってしまった。

「ねぇ親分」

美鈴は三右衛門に訊ねた。

「女人は、吉原には入れないの？」

三右衛門は不機嫌に答えた。

「入れねぇことはねぇけどよ、面倒な手間がかかるぜ。まず大門をくぐる時に番所から切手を受け取らにゃあならねぇ。吉原から出る時に引き換えに、その切手を返すんだが、うっかり失くしたり、盗み取られたりしたら大変だ。二度と吉原からは出られなくなるぞ」

足抜けの機会を狙っている遊女たちは、隙あらばその切手（木の札）を盗み取ろうと待ち構えている。切手を盗まれ、遊女に逃げられたら、切手を奪われた女人は遊女の代わりに、遊廓と話をつけなければならない。

遊女の境遇に落とされることは免れたとしても、大金を費やすことになってしまう。

結局のところ二人して、ため息ばかりつきながら、卯之吉の帰りを待つしかない。

三右衛門のほうは、完全に卯之吉の人柄と力量を信用（誤解）しているから、（オイラがついていなくても旦那のことだ、ご自身の御才覚で難事も切り抜けられるだろう）などと多寡《たか》をくくっているが、卯之吉の真の姿を知っている美鈴は心配でならない。

いざとなれば男装をして——などと考えたが、四郎兵衛番所の眼力は鋭く、男装の女人を表に出すことなどありえないという話だ。入ることができたとしてもやはり吉原からは出られなくなってしまう。

美鈴は切なげに、ため息をもらした。

四

南町の同心、八巻は、黒の紋付き巻羽織を悠然と靡《なび》かせながら、吉原の通りを流していた。

三座のお役者のように美しいという評判だったが、確かに、役者そのもののような美貌と立ち姿だ。

これが頼もしい町方の旦那で、しかも剣の腕まで立つというのだから素晴らしい。女人の理想とする男性像を具現化したかのようだ。

同心八巻が仲ノ町を流せば、四方八方から黄色い声がかけられる。籬《まがき》からも二階座敷からも遊女たちの熱い視線と歓声を浴びせられた。

八巻は艶然《えんぜん》と頷き返して、女たち一人一人に親しげな目を向けた。遊女の中には興奮のあまり、そのまま失神してしまう者まで出る始末だ。

もちろん、この八巻は由利之丞である。由利之丞はまさに、得意の絶頂にいた。興奮のあまり失神しそうなのは、むしろ由利之丞のほうであったのだ。

普段の由利之丞はまったく冴えない役者である。山村座の舞台ではろくな役柄を与えてもらえない。確かに、看板役者に比べれば、見栄えも踊《おどり》も声も、大きく見劣りがする。それなのにいきなりこの吉原にきて、千両役者のような歓呼の声を浴びている。由利之丞にとってはまさに、天にも昇る心地であった。

「やあ、このオイラがこんなに評判をあげるだなんて、夢のようだよ」

由利之丞は斜め後ろに従った、水谷弥五郎に笑顔で囁《ささや》きかけた。

「やっぱりオイラには天性の華があるんだねぇ」

同心八巻の評判とあいまっての人気であるのに、そんな思い上がったことを口にした。

一方、水谷弥五郎は仁王像のように顔を怒らせて黙りこくっている。

水谷とすれば由利之丞の人気がかえって疎《うと》ましい。由利之丞の愛らしさは、己一人だけが理解していれば良いことだ。由利之丞と二人きりで慎ましく愛を育んでいればそれで満足なのに、どこの誰とも知れぬ者どもが、由利之丞に馴れ馴れしい笑顔を向けて、目引き袖引きなどしている。

わしの由利之丞が下賤《げせん》な者どもの視線で穢《けが》されている――とでもいうような、忌《い》ま忌《い》ましい気分なのだ。

（こんなことになるのであれば、八巻の頼みなど引き受けるのではなかったわ）

唾でも吐きたい気分で述懐したが、もう間に合わない。後悔先にたたずだ。

由利之丞の背後にピッタリと張りついて、その身を（吉原にたむろする悪漢どもや、そしてなにより遊女たちの魔の手から）護ってきた水谷弥五郎であったが、つい、ムカムカとして気が散漫になり、由利之丞から目を離してしまった。

と、その時――。

「野郎ッ！」

「なにを、やる気か、コンべらぼうめッ」

二人組の酔っぱらいが、茶屋から通りに躍り出てきた。

昼日中から酔っている。しかも生酔いだ。始末に悪い。

喧嘩など勝手にやらせておけばよい。すぐに四郎兵衛番所の男衆が駆けつけて来るはずなのだが、すっかり同心気取りの由利之丞は、酔っぱらい二人の間に割って入ってしまった。

普段の由利之丞であれば、喧嘩口論などには近づかない。大事な顔に傷でもつけられたりしたら大変だ。

しかしこの時、由利之丞は、左右に居並ぶ遊女たちの、熱い視線を浴びていたのだ。いい気になった人間は、とんでもなく大胆な行動をとってしまうものなのである。

「愚か者どもめ、やめないか。往来の人たちの迷惑だぜ」

役人風をたっぷり吹かせて酔っぱらい二人を叱りつけた。

これで酔っぱらい二人が畏《おそ》れ入って引き下がれば、八方丸く治まって、拍手ご喝采、ということになるのだが、悪いことに酔っぱらいどもは、前後の見境もないくらいに酩酊《めいてい》していた。

「なんだとこのヤロ、若造の分際で偉そうに抜かしやがったな」

まだ春先なのに法被《はっぴ》一枚の薄着で、赤銅色の胸元を晒《さら》した男が、由利之丞を優男だと見下して絡んできた。沖仲仕でもあるのだろうか、筋骨逞《たくま》しい大男だった。腕っぷし自慢の野卑な大男など、吉原ではまったく好かれない。遊女たちから軽くあしらわれたこともあって、いよいよ機嫌を損じている顔つきだ。

もう一人の男も、いかにも喧嘩っ早そうである。

二人とも両腕を剝き出しにさせている。その腕の太さときたら、由利之丞の太腿ぐらいはありそうだ。喧嘩ができるならば相手は誰でも良かったようで、二人がかりで由利之丞に狙いを定めた様子であった。

「いかん！」

慌てて水谷が走り出す。しかし、咄嗟《とっさ》のことで、どうにも間に合いそうにない。

沖仲仕が、大きな拳を振りかざし、いきなり由利之丞に殴りかかった。

「きゃあッ！」

遊女が悲鳴を張り上げた。

黄色い悲鳴を張り上げたいのは水谷のほうだ。沖仲仕の豪腕で殴りつけられたら若衆役者の由利之丞など一発でのされてしまう。殴られ所が悪ければ死んでしまうかもしれない。

しかし、その瞬間、

「ヤッ！」

由利之丞《の》が真後ろにトンボを切った。華麗に空中で一回転して、一間ほど背後に飛び退いた。

まさか、真後ろに飛ぶとは思っていなかったのであろう。沖仲仕は拳を大きく空振りさせて、前につんのめった。

沖仲仕はいよいよ顔面を紅潮させた。無様につんのめった姿を、集まってきた遊客や遊女たちに見られてしまったのが恥ずかしくてならない。恥辱が激怒となって沸騰した。

「野郎ッ！」

イノシシのように突進し、拳骨《げんこつ》を振りかぶる。だが、その腕を軽く由利之丞に握られて、グイッと逆手に捻《ひね》りあげられた。

「あいたたた……！」

沖仲仕が顔をしかめる。

「タアッ！」

由利之丞の可憐な気合声が響きわたった。と同時に沖仲仕は、もんどりを打って背中から地べたに投げつけられた。

背中を強打した沖仲仕は、息もつけずに悶《もだ》えている。

それを見たもう一人の酔っぱらいが、

「しゃらくせえッ！」

袖をまくって由利之丞に襲いかかろうとした。そこへ、ようやく駆けつけてきた水谷が、鞘ごと抜いた刀の鐺《こじり》で酔っぱらいの腹部を鋭く突いた。

急所を的確に強打された酔っぱらいは、うめき声すらあげず、ヘナヘナと腰を落としてしまった。

「どいた！　どいた！」

四郎兵衛番所の男衆が法被の裾を靡かせながら走ってくる。その男衆たちが目にしたのは、地べたの上で惨めに悶絶《もんぜつ》する男二人の姿であった。

「あっ、これは、八巻の旦那」

先頭に立った男が低頭し、挨拶を寄越してきた。法被の衿には『小頭』と白抜きの文字が見える。

由利之丞はしれっとした顔つきで答えた。

「酔っぱらい同士のつまらない喧嘩さ。叱りつけても聞き入れないのでねぇ、ちょっとばかし懲《こ》らしめていたところさ」

「そいつぁ、畏《おそ》れ入った次第で。……吉原うちの騒動で、八巻様のお手を煩《わずら》わせちまったとは、なんとも面目ねぇ」

「いいってことさ」

由利之丞と小頭のやりとりを聞いて、二人の酔っぱらいの顔つきが変わった。酔いと怒りで紅く染まっていた顔が、一瞬にして蒼白になった。

「だ、旦那が……！　あの、人斬り同心の八巻様なんで……！」

由利之丞の代わりに小頭が答えた。

「そうよ。手前《てめ》ぇら、抜き打ちに素っ首を叩き落とされなかっただけ、有り難く思いやがれ！」

地べたに転がった男二人は、地べたの上で改めて腰を抜かした。

由利之丞は自慢の鼻筋をツンと上に向けると、足元の酔っぱらいたちに啖呵《たんか》を切った。

「血の巡りの悪いお前たちでも、これでちったぁ懲《こ》りただろう。酒を飲むのもいいが、人様に迷惑はかけるんじゃないよ」

小頭が沖仲仕ふうの男の襟首を摑んで、グイッと引き上げて座り直させ、なおかつ頭にポカリと拳骨をくれた。

「やいッ、ちゃんと返事をしやがれ！」

沖仲仕は、「へっ、へいっ！」と平伏し、額を地面に擦りつけた。

由利之丞は満足そうに頷いた。

「酔っぱらい同士のつまらぬ喧嘩で四郎兵衛番所の手を煩わせるまでもないだろう。十分に反省しているようだから、手荒な仕置きは勘弁してやりなよ」

小頭は「仰せの通りにいたしますさぁ」と答えて低頭した。番所の男衆数人も、慌てて一斉に頭を下げた。

由利之丞は頷き返すと水谷に、

「行くよ」

と声を掛けて、サッと踵《きびす》を返し、悠然と歩き去った。

四郎兵衛番所の男衆も、遊女たちも、遊客も、それどころか酔っぱらい二人まで、夢見るような心地で、その美しい後ろ姿を見送った。

沖仲仕が呟《つぶや》いた。

「お役者みてぇな優男の同心様だって評判だが、ありゃあ、本当に、お役者そのものだぜ……」

気を抜かれたように見守っていた遊女と遊客たちが、一斉に我に返って、いま目にした同心八巻の艶姿《あですがた》を、あれこれと評しはじめた。女たちの酔いしれたような黄色い声が連続する。男たちも感心しきりの様子でため息などもらしていた。

五

「はっはっは、そいつぁ傑作だったね」

大黒屋の二階座敷に陣取った卯之吉が、真っ白な歯を見せて笑った。

ここは卯之吉が普段使っている座敷なので、金屏風《きんびょうぶ》など張りめぐらせたじつに豪奢《ごうしゃ》な造りになっている。

その金屏風を背にして、沢田彦太郎と由利之丞が座っている。対して卯之吉と、水谷弥五郎、幇間の銀八が座っていた。

たったいま、通りで起こった事件の顛末《てんまつ》を、由利之丞が語り終えたところである。卯之吉はいたく興趣をおぼえた様子で笑み崩れていた。

「しかしねぇ、由利之丞さん、お前さん、どこでそのような武芸を会得しなすったんだえ？」

水谷弥五郎もいかつい顔を傾《かし》げさせた。

「わしも意外の感に打たれておるぞ」

由利之丞は若いだけに遠慮を知らない。さも得意気に高い鼻筋をヒクつかせた。

「まぁね。オイラは役者だからね、トンボを切るのはお手のもんさ」

看板役者が荒事の芝居をする際に、端役の役者は主役に投げ飛ばされる役などを演じさせられる。舞台の上でトンボを切って、投げつけられた風を装うのだ。

もっとも、こんな役をあてがわれるのはまったくの端役であって、トンボが上手であることは、あまり、自慢にはならない。

しかしそのお陰で沖仲仕の拳骨を避けることができたのだから、芸は身を助ける、というべきか。

「それでは、あの骨法術は」

水谷は重ねて訊ねた。殴りかかってきた沖仲仕の腕をとって投げ飛ばした技は、ただの偶然とは思えない。

「ああ、あれはね。オイラもこんな稼業をしているとね、いろいろと怖い客の相手もしなくちゃならないだろう?」

この〝稼業〟というのは、役者のほうではなく、陰間勤めのほうであろう。

「いろいろとね、危ない客から身を護る手立ても必要だってんでね、店の親爺さんの伝《つて》で、骨法術の先生に稽古をつけてもらったことがあったのさ」

水谷弥五郎は不面目そうな顔つきで、唇など尖《とが》らせた。

「知らなかったな」

長年通いつめた最愛の陰間だというのに、そんな素振りはまったく感じられなかった。水谷も武芸者、武芸者としては、いささか不覚に類するものであろう。

すると由利之丞が白皙《はくせき》の頬をほんのりと紅く染めた。

「だって……、弥五さんは、危ない客でも、嫌な客でもないからさ……」

いじらしい目で見つめられ、水谷弥五郎の頬もポッと赤くなる。

「こいつめ」

「あぁ! わかった! ことの次第は良ーくわかった!」

大慌てで沢田彦太郎が割って入った。両手を突き出して、座敷の空気を掻《か》き回すみたいに振りたくった。

「それで、どうなのだ! わしの冤罪《えんざい》を晴らすめどはついたのか。誰ぞ、目串をつけた怪しい者はおったのか！」

そのために吉原に乗り込んできたのである。念友（ホモセクシャル）同士ののろけ話など聞いている場合ではない。

卯之吉も由利之丞と水谷に、順に視線を向けた。

視線を向けられても由利之丞としては困る。由利之丞は同心を演じているだけの役者だ。

「それは、八巻様のお役目でございましょう」

「ああ、そうだったね」

卯之吉は平然としている。

銀八は内心、「ああ〜」と呆《あき》れる思いだ。

卯之吉は完全に、他人任せの気分でいたのだろう。同心八巻の役目を由利之丞に肩代わりさせたので、自分はすっかり、同心の役目から解放された気分でいたのに違いなかった。

（本心から、由利之丞が事件を落着してくれると、思っていなさるようでげすなあ）

まさかそんなことは——と誰しもが思う。しかしその「まさか」を平然とやってしまうのが卯之吉なのだ。

豪商の若旦那の生活は、基本的に何もかもが他人任せなのである。飯をつくるのも食べさせてくれるのも、後片付けも、みんな他人任せ。さらには家業の商いなどには首を突っこませてはもらえない。

商家の若旦那は何もしない。何もしなくても、周囲の人間の働きで、人生は絶好調に転がっていく。

そういう生きざまが身についている。だから沢田の憔悴《しょうすい》などはどこ吹く風で、薄笑いなど浮かべているのだ。


「せっかくこうして集まったのです。御膳を用意いたしましたよ」

卯之吉はパンパンと手を打ち鳴らした。

「あーいー」と返事がして、艶然たる美女たちが一斉に座敷に入ってきた。

「な、なんじゃ！」

うろたえた声を張り上げたのは沢田である。

「わしは、宴会をしに参ったのではないぞ！」

屛風の前の中央に座った沢田に、ひときわ妖艶《ようえん》な美女が左右から二人も取りついて、膳に伏せられていた盃を持たせ、即座にもう一人が銚子で諸白《もろはく》を注ぎ入れた。

「さぁ、どうぞ御一献」

「御一献、ではない！」

「まぁ怖い」

美女二人は平気の平左《へいざ》、口元を袖で押さえて微笑《ほほえ》み交わした。さすがは卯之吉が吟味して座敷に呼んだ遊女だ。客あしらいの名人である。

卯之吉もほんのりと笑っている。

「まぁ、気が急《せ》くばかりでは良いご思案も浮かんではこないでしょう。ここはひとつ、心を落ち着ける意味でも、御酒《ごしゅ》など召し上がるのがなによりかと」

「思案を巡らせるのはお前の役目ではないかッ！」

卯之吉の吉原における人脈をあてにして、吉原面番所同心を命じたのに、その卯之吉が、吉原に乗り込んできたのをいいことに、すっかり遊興気分に浸っている。沢田とすれば「こんな馬鹿な！」という気分だが、卯之吉の遊蕩癖は、沢田の理解などを遥かに超越していたのだ。

遊女たちに取りつかれ、もう一人、顔色を失くしている男がいる。水谷弥五郎だ。

「ま、待てッ、待ってくれ……！」

遊女にグイグイと迫られて、壁際にまで追い詰められていた。まるで蛇嫌いの人間に蝮《まむし》が迫ってきた――みたいな姿だ。顔面からはタラタラと脂汗まで滴らせている。

「いや、待てッ、わしは用心棒としてこの座敷におるわけで、キャッ、客ではないのだ！　わしへの接待は無用！　ひいいいっ……」

水谷は女嫌いなのではなくて、女性恐怖症であるようだ。少女が中年男に恐怖を感じるのと（正反対だが）同じことなのだろう。

そんなこんな、バタバタとしているところへ、吉原一の遊女、すなわち江戸一番の美女、菊野太夫が禿《かむろ》を従えて入ってきた。

途端に、その場の空気が一変した。まるで、天女が人間界に舞い降りてきたかのようだ。男も女も、女嫌いの水谷でさえ、アングリと口を開いて菊野太夫に見とれてしまった。

「おお、これは！」

沢田が気色を満面にあらわした。

「菊野太夫ではないか！」

菊野はちらりと沢田に視線をやって、わずかに一礼した。

沢田は吉原の作法を良く知らない。座敷の一番良い席に座ったままだ。銀八が気を利かせて立ち上がり、腰をかがめた滑稽な姿で沢田の前ににじり寄ってきた。

「さぁさぁ沢田様。沢田様にとっては女神様の御降臨にございますでげすよ。さぁさぁ」

と無理やり腕をとって立ち上がらせて、金屏風の前をあけさせた。

菊野太夫は当たり前のような顔つきで、一番の上座に着座した。お付きの禿が甲斐甲斐しく手を貸して、太夫の着物が一番見目良くなるように裾を整えた。

吉原の太夫は偉い。実際に身分が高い。

徳川幕府の最高会議兼最高裁判所のことを評定所というが、かつて吉原の太夫は、評定所が開かれる際、その場に臨席して茶菓の給仕を担当していた。

ちなみに、幕府最初の評定所は酒井《さかい》雅楽頭《うたのかみ》忠世《ただよ》の屋敷に置かれていた。酒井忠世は老中で、徳川家康の隠し子でもあった。官位は五位の大夫《たいふ》である。京の朝廷にも昇殿できる貴族であった。

当然、朝廷から武家伝奏などの貴族がやってきた時にも、吉原の太夫はお城に昇って接待する。

偉い貴族様と同席し、言葉も交わすわけだから、無位無官の地下人というわけにはいかない。当然、幕府内でなにがしかの身分を保証されていたはずだ。吉原の太夫は、客を客とも思わずに尊大に振る舞い、気に入らなければ座敷を蹴って帰ってしまう。

当たり前である。士農工商の世の中では、商人はどんなに金を持っていても卑しい身分とされている。老中や朝廷の貴族と席を同じくできる太夫と、一緒に酒を飲めるだけでも、畏れ多い話なのである。

この、評定所に太夫が呼ばれる風習は、三代将軍家光の頃に廃《はい》された。それでも江戸の者たちはいつまでも、吉原の太夫を御簾中《ごれんちゅう》のお姫様だと信じ続けた、あるいは信じようとしたのである。

とにもかくにも沢田は、憧れの美女、菊野太夫が来てくれたので上機嫌だ。

もっとも、菊野を座敷に呼んだのは卯之吉で、卯之吉のお声掛かりでなかったら菊野はこの座敷を訪れたりはしなかったであろう。

「さあさあ沢田様、どんどんいきましょう」

銀八は、沢田に酒を注いだ。沢田は酔態が醜《みにく》いが、ありがたいことにすぐに酔い潰れてくれる。とっとと飲ませて潰してしまうに限る。

沢田は鼻の下を伸ばし、目尻をだらしなく下げて不躾《ぶしつけ》な視線を菊野太夫に執拗《しつよう》に向けながら、盃を次々と干し続けた。

菊野太夫は素知らぬ顔で、もう一人の同心に目を向けた。

「こちらのお役人様とは、お初の御目文字でありんすなぁ」

由利之丞も菊野太夫の美貌に当てられ、頬をポーッと上気させている。

「オ、オイラかい……？　オイラは……」

「こちらの旦那は、いま巷《ちまた》で大層なご評判の、南町一の切れ者同心とお噂の、八巻様でございますでげすよッ！　ええっ、憎いよッ、このッ、辣腕《らつわん》同心様ッ！」

銀八は大声でおッ被せた。「山村座の若衆方の由利之丞です」などと自己紹介されたら全部ぶち壊しになってしまう。

菊野太夫は目を細めて、軽く顎を引いた。

「左様でございますか。ご芳名はかねがね……」

初会の相手にこれだけの声をかけるなど、吉原の太夫として滅多にあることではない。やはり噂の剣客同心への配慮があったのだろう。

菊野太夫は同心八巻の正体が、自分の旦那の卯之吉であるということを知らない。想像もしていない。

当たり前である。遊び人の若旦那と、大勢の悪党、剣客を返り討ちにしてきた豪腕同心が同一人物などとは、どうして考えられるだろうか。

「さぁてお姐《ねえ》さん方！　ひとつ景気よくやっておくれな！」

三味線や太鼓を持参の芸者たちに卯之吉が声を掛ける。えたりとばかりに芸者たちが陽気な曲を奏ではじめた。

「さぁ、若旦那」

遊女たちに両手を取られて、卯之吉が立ち上がる。遊女二人と呼吸を揃えて優雅に踊りはじめた。

それはそれで、愉しい座敷ではあるのだが、

「待て、待て。このわしの濡《ぬ》れ衣《ぎぬ》はどう晴らすッ、ええっ？」

「まぁまぁ、旦那、落ち着いて。せっかく菊野太夫がお揚がりになってくださっ

たんでげす。ここはご一献、さぁどうぞ」

面倒だから一刻も早く酔い潰してしまえとばかりに、銀八は沢田に酒を無理強いした。

六

白面小僧ノ禄太郎は、豆絞りの手拭いをほっかむりにして、吉原の大門をくぐった。

今日の扮装は鯔背《いなせ》な船頭を思わせる格好だ。片手に貧乏徳利をぶら下げながら悠然と歩いてきた。

「ちょいとそこの兄ィ、持ち込みは困るんですがね」

大門横の四郎兵衛番所の若い衆が、徳利を見咎《みとが》めて言った。吉原で酒を飲むなら、なかの茶屋や遊女屋で飲み食いしてもらわなくては困る。

禄太郎は、頬紅を赤く塗りたくった顔を若い衆に向けた。

「なぁに、こいつぁオイラが客からもらった祝儀さ。ここに来るまでに歩きながら飲んじまったよ」

片手に徳利を翳《かざ》して振った。それから懐に手をやって、二朱金を摘《つ》まみ出すと若い衆に放った。

「小遣いだ。取っておきなよ」

「へえ」

若い衆は二朱金を空中で摑《つか》み取って、頭をペコリと下げた。

どうやらこの船頭は、よほど割りの良い仕事にありついたのだろう、と考えた。例えば、花嫁を乗せて婚家まで運んだとか、たっぷり祝儀を弾んでもらえるような仕事だ。

いずれにしても、小遣いをくれた相手には強く出られない。徳利の中にたっぷりと酒が残っていたとしても、いちいち咎めて客の気分を悪くさせる必要もない。ここは気持ちよく、吉原で散財してもらうべきだと判断した。

「へい。どうぞごゆっくりとお楽しみを。あっしは四郎兵衛番所の久助《きゅうすけ》で。面倒事がございやしたら、いつでも呼んでやっておくんなせぇ」

「おう、そん時は頼まぁ」

禄太郎は酔った風情を装いながら、足を、シンタたちの長屋に向けた。

「おう、いるかい」

黄ばんだ油紙を張りつけた障子戸越しに低い声をかけると、奥に人の気配がして、心張り棒が外された。

シンタは先日よりもさらに焦燥《しょうそう》しきった顔をしている。禄太郎も不穏に感じて急いで長屋の中に入った。

「どうした、そんな辛気臭いツラぁしやがって」

「へい、兄ィ……」

シンタは小さく身震いをした。

「八巻の野郎の腕前を見やした」

「なんだと？」

「へい、田舎モンが酔っぱらって、同心だと気づかずに殴りかかったんでさぁ。そうしたら……」

「どうしたい」

「剣客同心ってぇ評判でやんしたが、剣を抜くまでもねぇ。腕をひねって投げ飛ばしちまいやしたぜ。それも、どう見ても二十貫を超えて目方のありそうな（体重八十キロ以上）筋骨逞しい大男をでさぁ」

禄太郎もチッと舌打ちして、不機嫌そうに顎を撫でた。

「野郎、剣の腕ばかりじゃなくて、柔や骨法術ものにしていやがるってことかい。酔っぱらいぐらいじゃ、いちいち剣を抜くまでもねぇってことか」

それからシンタに目を向けて、さらに表情を険しくさせた。

「手前《め》ぇッ、なにをそんなにブルッていやがる。そんなツラを八巻の野郎に見られたら、それこそ一発で怪しまれるぜ」

「へっ、へいッ」

禄太郎は「おらよ」と、手に提げてきた貧乏徳利をシンタの胸に押しつけた。

「付け火に使う油だ」

「へい、ご苦労さんで」

シンタは床板を一枚剝《は》がすと、受け取った徳利を床下に隠した。他にも十数本、徳利が並べてあった。

「だいぶ溜まったな」

禄太郎が覗きこんで満足そうに囁いた。

「へい。あっしの所だけじゃなく、他にも、いくつか隠し場所を……」

一味の者たちは、酔客のふりをしてこっそりと付け火の油を持ち込んでいたのだ。

禄太郎は、燃え盛る炎を想起したのか、興奮しきりの顔つきで舌なめずりをした。

「それだけあれば、いつでも付け火ができるってもんだ。吉原中が火の海になるぜ」

「へい」

しかし、シンタの声には元気がない。

「なんだ、どうしたぃ。心配《しんぺ》ぇ事でもありやがるのか」

「へい兄ィ。これこの通り、細工は流々、整いやしたがね、肝心の空模様が思わしくねぇ」

空気の乾いたこの季節は、放火にはもってこいの季節だが、炎を燃え広げさせるためには強い風を必要とする。ところが、平年なら毎日のように吹きすさんでいる強風が、ここ数日の間、ぱったりと止まってしまったのだ。

お陰で毎日暖かな日和《ひより》が続いている。江戸っ子たちは喜んでいるが、禄太郎やシンタたちにとっては不都合極まりない。

禄太郎も渋い顔つきになった。

「そいつぁ、お頭も案じていなさったが……」

「オイラ、八巻にこの隠し場所をいつ嗅ぎつけられるかと、心配ぇで心配ぇで、夜もおちおち寝ていられねぇ」

「まぁ落ち着け。いくら八巻が切れ者で、ちっとばかり鼻が利くっていったって、そう易々とみつけられるもんでもあるめぇ」

「兄ィ、八巻の眼力は〝目端が利く〟なんていう段じゃぁあねぇ。千里眼の持ち主だって噂ですぜ」

「馬鹿野郎。噂話にゃあ尾鰭《おひれ》がつきもんだ。話半分ぐらいに聞いておけよ。それに、千里眼なんていう手妻《てづま》（手品）には種も仕掛けもあるもんだ。八巻の眼力種は荒海ノ三右衛門一家よ。あの子分どもが四方八方走り回って、八巻のために調べをつけているのに違《ちげ》ぇねぇ」

「へい」

「だがよ、この吉原うちは四郎兵衛番所の縄張りだ。いくら荒海一家でも、勝手に嗅ぎ回ることは許されねぇ。つまりよ、八巻の野郎は目と耳を塞がれているのも同じってことだ」

「なるほど」

禄太郎は、貧乏長屋の破れ屋根に空いた穴越しに、空を見上げた。

「今は一日も早く風が吹いてくれるよう、お天道様に祈るしかねぇや」

「まったくで。天の神様、どうぞお願《ねげ》ぇいたしやす」

悪事の御加護を神仏に祈るというのもおかしな話だが、生れながらの悪党で、頭に重大な欠陥があるのか、善悪の判断がまったくできない二人は、自分たちの思想の異様さには、まったく思い至らぬ様子であった。

七

「わしは知らぬぞッ、わしは、春駒を殺《あや》めてなどおらぬッ」

早くも顔面を真っ赤にさせて、目を半眼に据えた沢田が吠えた。

「八巻ッ！　あ、いや、お前は三国屋の若旦那サマなのだったな。ええい、どうでも良いわッ、一刻も早く、このわしの濡れ衣を晴らすのじゃッ」

ヨロヨロと立ち上がっては、足をもつれさせ、ストンと腰を落としてしまう。そして誰彼かまわず絡みつく。見事なまでに醜い酔態だ。

沢田は卯之吉に抱きついた。

「ええ、どうなのじゃ？　本当は秘策を胸に秘めておるのであろうが？　ん？いかにしてこのわしの冤罪を晴らすつもりじゃ？」

抱きついただけでは足りず、グリグリと頬ずりまで始める始末。絡み始めるとじっにしつこい。

こんな時、機転を利かせて場を取り持つのは幇間の役目なのだが、肝心の銀八が、あまり機転が利かないので困る。

「まぁまぁ、沢田の旦那、急いては事をし損じるの譬《たと》えもあるでげす。さぁ、旦那もひとつ、ご自慢の隠し芸など、ご披露なさってくだせぇやし」

「なに、隠し芸だと？　わしは芸事などひとつも……。いや、そうだな。それでは一節、謡いを歌って進ぜようかな」

酔いがいよいよ回って、自制心を喪失させた沢田は、シャンと背筋を伸ばして座り直すと、細い咽首《のどくび》をさらに伸ばし、破《や》れ鐘のような声で滔々《とうとう》と唸《うな》りはじめた。

「あら不思議や～　海上《みなも》を見れば～、西国にて滅びし平家の一門～、おのおの浮かび～、出《いで》たるぞや～」

どんな音痴なお客の歌声でも、流行《はや》りの小唄や端唄なら、調子を合わせて伴奏できる熟練の芸者衆も、謡曲などを唸り出されては始末に困る。

「そのとき義経《よしつね》～、少しも騒がず～、打物抜き持ち～」

義経は落ち着きはらっていたかも知れないが、座敷の者たちは大混乱である。

沢田はいよいよ調子に乗って、自慢の（聞いているほうにとっては破壊力満点の）咽を響かせ続けた。

「こ、これは、えらいことになっちまったでげす」

銀八は誰よりも慌てふためいている。野暮なことでは江戸一番のでき損ない幇間が顔色を変えるぐらいだ。沢田の野暮天ぶりは殺人的であった。

しかし、野暮もここまで来るとむしろ、珍重すべきものである。

「沢田様は、本当に面白い御方ですねぇ」

卯之吉はケラケラと笑った。

しかし、なんというか卯之吉の座敷というものは、卯之吉の人徳であろうか、破天荒なら破天荒なりに、気の置けない面白みが感じられる。

卯之吉が沢田の野暮を微笑ましく見守っているので、遊女や芸者たちも、ホッと一息ついて、沢田の奇行を見守った。なんともホンワカと温かみのある座敷となった。

澄ましかえった花魁《おいらん》といえども、生理的欲求だけは我慢できない。宴席もたけなわだが、菊野太夫は小用に立った。

遊廓には二階にも雪隠《せっちん》があったが、それは客用だ。遊女は用をたす姿を客には見せられない。階段を降りて大黒屋の奥へ進んだ。

奥の雪隠の前で一人の女と出くわした。

菊野太夫は、ちょっと訝《いぶか》しげに、その女を見た。

大黒屋では初めて目にする顔だ。遊女ではなさそうだし、下女でもなさそうである。

「お前さまは」

菊野は何気なく訊ねた。すると女はチラリと低頭して、恭《うやうや》しげに答えた。

「お峰と申します。どうぞお見知りおきくださいませ」

菊野はもう一度、繁々とお峰を見た。粋筋でもなさそうだし、百姓娘でもない。かといって商家の内儀や武家の奥方でもない。

江戸時代は身分が画然としていて、人はそれぞれの身分の中で成長したので、物腰や言葉づかい、顔つきを見れば、どの階層に属する人間であるのかがはっきりとわかった。

しかし、このお峰という女は、身分がまったく不詳である。

菊野は吉原一の太夫だ。ただ美しいだけでは勤まらない。頭の良さも飛び切りである。そのうえ大勢の客を接待してきて、人を見る目も肥えている。

この女は菊野太夫を以てしても、理解し難い雰囲気をもっている。いったいどういう育ち方をすると、こんな奇妙な雰囲気を漂わせるようになるのであろうか、と、菊野は考えこんだ。

（楼主の親戚でもありんすか）

忘八《ぼうはち》の身内なら、浮世離れしているのも頷けなくもない。菊野は会釈を返して、雪隠に入った。

花魁は、特に冬季は、恐ろしく嵩《かさ》の張る装束を身につけている。用を足す時には禿の介助が必要だ。禿は無駄に引き連れているわけではないのである。

雪隠を出て、手水《ちょうず》を使い、座敷に戻ろうとすると、またしても、お峰と出くわしてしまった。

「太夫は八巻様のお座敷にお揚がりでございますね」

お峰が唐突に話しかけてきた。菊野は、次第にこのお峰に、不気味なものを感じ始めていた。なにやら、薄気味の悪い威圧感を覚えたのだ。

しかし、楼主の親戚なのではないかという、菊野太夫の推測が正しいのだとしたら、遊女に対して威圧的なのも頷ける。菊野は警戒しながら答えた。

「さいでありんす」

お峰は重ねて訊ねてきた。

「八巻様は、お座敷のどちらにお座りでございましょう」

「わっちの左手側の、一番上座にお座りでありんす」

お峰の顔色が、一瞬、ドス黒く染まった。

「では、窓の際にお座りの、若旦那様は」

「お前様、吉原の者なのに、三国屋の若旦那のお顔もご存じないのでありんすかえ」

菊野は呆れ果てて、つい、口調を尖らせた。やはり、この女は、なかに入って間もないのだ、と思った。

「左様でございますか。あれが、三国屋の……」

「わっちは座敷に戻らねばなりんせん。そこを退《の》きなんし」

これ以上、この不気味な女と話をしていたくない、という気分で、菊野太夫はお峰を叱りつけ、座敷に戻った。

（あれが、三国屋の若旦那だって？）

一人廊下に残されたお峰は、キッと目つきを鋭くさせて考え込んだ。

先ほど、菊野太夫の座敷に料理を運び込んだ際、お峰はチラリと座敷内の様子を確認した。そして確かに、八巻卯之吉の姿を認めた。

しかし、菊野太夫はその男を、同心八巻ではなく、三国屋の若旦那であると明言した。

（そんなはずはない……。確かにあの男は南町の八巻……）

夜霧の一党の、伝五郎《でんごろう》と源助《げんすけ》が捕縛され、南町奉行所へと引き立てられていった時に、八巻は唐丸籠《とうまるかご》を護っていた。お峰が八巻の姿を見たのは、その時一回だけだが、八巻の顔はしっかりと目に焼きつけてある。

（これはいったい、どういうことなんだろうね）

今日の宴席は吉原面番所に赴任してきた同心八巻を歓待するために開かれた。そしてその座敷に八巻は確かにいた。ただし、商家の若旦那の格好をして。

（同心の格好をした別人と、三国屋の若旦那になりきっている八巻……）

菊野太夫は、本物の八巻を、三国屋の若旦那だと信じきっている。

（そんなことがあり得るのか）

お峰は身の震えるような思いを味わった。もしかしたらこれが、八巻の活躍の秘密を明かす鍵なのではないのか。思えば、八巻の辣腕ぶりは新米同心としてはありえない域に達している。どれほど頭のよい男でも、同心になってまだ日が浅いのに、侠客一家を壊滅に追い込んだり、大盗人一味を次々と捕縛できるはずがない。

（これには必ず、裏があるはず……。この謎が解けた時、すべての謎が解けるはずだね）

お峰によって丸裸にされた八巻は神通力を失うはずだ。かくして、お峰の手にかかり、無様に死んでいくのである。

（この謎は必ず解きあかしてやるよ）

お峰は暗い顔つきで、決意した。

第四章　居続けの客

一

「チッ、今日も風は吹かなかったなァ」

白面小僧ノ禄太郎は、夕闇に閉ざされた空を見上げて舌打ちをした。

吉原内《うち》の湯屋に浸かった帰り道である。

この時期の関東の季節風（上野《こうずけ》や下野《しもつけ》の山地から吹き下ろしてくる、冷たく乾いた風）は、不思議なもので、陽が沈むとともに止む。

つまり、陽が落ちてしまったらもう、その日は風が吹かないと考えて良い。

数日前までは、湯屋を出るなり湯冷めするほどの強風が吹いていたくせに、いざ、付け火の準備が整ってからは、風がピタリと止んでしまった。

（まさか、このまま春になっちまう、なんてこたぁねぇだろうな）

陽差しも眩《まぶ》しくなり、梅の蕾《つぼみ》も綻《ほころ》びはじめる季節だ。

（そんなことになっちまったら、お頭の目論見が台無しだぜ）

一攫千金《いっかくせんきん》のぼろ儲けが「また来年」などという話になってしまいかねない。

『悪銭身につかず』という諺《ことわざ》があるが、確かに盗人たちは、盗み出した金をすぐに使い果たしてしまう。定期的に盗みを働いていないと干上がってしまうのだ。

（手回しには元手もかかっているんだ、来年までお預け、なんてぇ話になっちまったら、こっちは骨の髄まで干からびてしまうぜ）

思い悩みながら歩いていると、通りの向こうから男の二人連れが歩いてきた。

（三吉《さんきち》と千二郎《せんじろう》か）

二人とも火男《ひょっとこ》ノ金左衛門の一味、つまりは禄太郎の弟分である。

付け火に好都合な強風が吹き次第、金左衛門一味は一斉に、この吉原に火を放つ段取りになっている。そのためにこうして、遊客を装って吉原に〝居続け〟をしているのだ。

三人は素知らぬ顔ですれ違った。どこで四郎兵衛番所や八巻の手下が目を光らせているかわかったものではない。十分に用心しなければならない。

（それにしてもアイツらめ……）

禄太郎は内心、苦々しく思った。

とてものこと、吉原に居続けのできるような小金持ちには見えないし、遊び人の粋筋にも見えない。

縞の着流しに綿入れの長羽織を着けて、一端《いっぱし》の遊蕩《ゆうとう》児を装ってはいるが、その格好が不自然だ。着物を着ているのではなく、着物に着られているように見える。

険悪な面相の小悪党が、色男ふうの格好をしているのだ。遊び人の風体をすれば、吉原の光景に紛れるはずだと考えているのであろうが、逆に異様さが目立っていた。

（ま、仕方がねぇや。風が吹くまでの辛抱だぜ）

明日か明後日には、付け火におあつらえ向きの強風が吹くことだろう。この季節の関東で、何日も穏やかな好天が続くことなどありえない。

その日まで、疑われることなく、隠れていることさえできれば良いのだ。

禄太郎は手拭いを肩に引っかけると、塒《ねぐら》と定めた小見世『嶋《しま》よし』の暖簾《のれん》をくぐった。

小見世は、吉原でもかなり格下の遊廓である。見世の籬《まがき》は半籬で、見世にもよるが安いところだと一晩につき一分ぐらいの金で遊ぶことができた。

禄太郎にも白面小僧と二つ名を取ったという誇りがある。小見世の安女郎など相手にもしたくないのであるが、大見世や中見世に居続けをするだけの元手がない。それならもっと安くて済む切見世に潜り込めば良いのだが、禄太郎にも一党の小頭としても矜持《きょうじ》と体面がある。曲がりなりにも籬つきの見世に登楼しないと、手下の手前、格好がつかないのだ。

「おう、今戻ったぜ」

内所の楼主に一声かけて、見世に揚がると二階座敷に向かった。

二階の座敷のひとつでは、月乃江《つきのえ》という遊女が、禄太郎の帰りを待っていた。

「あんた、戻ったのかい」

月乃江は長火鉢にけだるそうに身を預けて、ちびちびと煙管を燻《くゆ》らせていた。

禄太郎の足音を聞きつけて、すっかり情夫《いろ》になりきった顔つきで、馴れ馴れしい声を掛けてきた。

(チッ、なにが月乃江だよ)

禄太郎は内心で悪態をついた。月乃江は小見世の女郎に相応《ふさわ》しく、年嵩《としかさ》で美人とは言い難い容貌だ。

（確かに、か細い月明りの下でしかお目にかかりたくねぇぜ。陽光の元では見られたものじゃあねぇからな）

などと、禄太郎は冷酷にも思っていた。

だが、それもこれも強風が吹きすさぶまでの辛抱だ。風さえ吹いて火さえ放てば、濡れ手に粟《あわ》で大金を手にすることができる。

（金さえ手に入《へ》ぇればこっちのもんだ）

その日を夢見て辛抱して、禄太郎は月乃江の待つ火鉢の前に座った。

「遅かったじゃないのさ」

月乃江は馴れ馴れしい態度で身を寄せてきた。白面小僧の美貌に、ぞっこん参っている様子である。

禄太郎は不機嫌そうな面持ちで、長火鉢の前にドンと座った。実際に不機嫌だ。白面小僧と二つ名を取った自分が、こんな、大年増《おおどしま》の安女郎の情夫を演じなければならないとは。

（まったく、情けねぇぜ）

一昔前の禄太郎なら、大見世の遊女だって簡単にたらし込むことができた。吉原や江戸市中の岡場所は、禄太郎にとっては絶好の隠れ家だったのである。しがない盗人の禄太郎が今日まで捕縛されずに生き抜いて来れたのには、身を挺して禄太郎を庇《かば》う女たちの援助があったからなのだ。

しかし、禄太郎も歳をとった。顔や身体の皮膚も弛《たる》んで、いたるところに醜《みにく》い皺《しわ》ができている。これでは白面小僧の名が泣くし、盗人稼業にも差し障りが出てくる。

男も女も、花の命は短いものだ——と、花が散ってからしみじみとわかる。それでも、年齢を重ねたに相応しい地位や財産を築いていれば、惨めさを感じずにすむだろう。しかし禄太郎は盗人だ。同年配の町人たちは、そろそろ番頭や大工頭に出世しようかというのに、白面小僧のままなのである。

(俺の人生は、どんどん下り坂じゃあねぇか)

この吉原に潜伏先を作っておこうとして、あれこれと遊女たちに声を掛けたが袖にされ、ようやくたらしこんだのがこの姥桜《うばざくら》。

商家や庄屋の後家を誑《たぶら》かして、その家に潜り込む、などという手口は、そろそろ通用しなくなるかもしれない。

禄太郎はますます絶望し、むかっ腹を立てた。

月乃江は、そんな禄太郎の横顔を惚れ惚れと見つめている。〃苦み走った好《い》い男〃だとでも思っているのかもしれない。

禄太郎は、（こんな間抜けな女だから、安女郎なんかに身を堕《お》とすんだ）などと胸の内で悪態をつき、つづいて、そんな間の抜けた女しか落とせなくなった自分の境遇を自覚して、ますます陰鬱な気分になった。

（いや、それもこれも、風が吹く日までの辛抱だぜ）

気を取り直して何度でも自分に言い聞かせる。風さえ吹けば大金が手に入る。そうしたら、それを元手に小商いでも始めてみるつもりだ。

もちろん、禄太郎には商いの経験などはない。商いは信用第一だから、いきなり店など始めても問屋は売り物を卸してくれないし、職人も仕事を請けてくれない。素人が商いを始めても一月で潰れるのが相場だ。

そんなことは禄太郎でもわかっている。だから、商家の後家をたらしこんで、店はそいつに切り盛りさせれば良い、などと考えている。

自分は左うちわで終日莨《たばこ》でも吹かしつつ、余生をのんびり暮らせばいいや、などと横着なことを考えていた。

二

菊野太夫は、昼頃に起き出して、揚屋町《あげやまち》（吉原内の区画）にある湯屋に向かった。遊廓にも内風呂はあるのだが、客優先なので気が許せない。湯屋なら一時、のんびりと湯に浸かって、身体を休めることができる。

花魁《おいらん》ほどの身分になると、湯屋に行くのにも振袖新造と禿《かむろ》がつく。自分の手が届きにくい所まで甲斐甲斐しく糠袋を使ってもらうわけだ。

吉原の湯屋は江戸市中のそれとたいした違いはない。吉原内で働いている男衆《おとこし》や芸者たちも浸かりに来る。性病を患った遊女も浸かるわけだから、清潔とは言い難い湯だ。

もっともそれは市中の湯屋も同じことで、性病の蔓延《まんえん》していた江戸の湯は、極めて高温であった。高温の湯水では感染が拡がらないことを経験で知っていたのである。

菊野太夫は、熱湯のような湯に、白い餅肌が真っ赤になるまで浸かった。気っ風の良い彼女は湯も熱いのが好みである。

ホッと一息ついて、吉原の遊女としては滅多に得られぬ〝自分だけの時間〟を

楽しんでいると、

「おっと、御免よ」

鯔背《いなせ》に一声挨拶を寄越しながら、一人の中年男が入ってきた。

吉原の湯屋には客の男たちも入りに来る。妓楼の小さな湯船は、他の客の入った後では湯が汚れているので、わざわざ湯屋まで足を運ぶ者も多かった。

それにしても、こんな時刻に入りに来る客は珍しい。吉原に居続けの、無軌道な放蕩者なのであろう。

江戸の湯屋は混浴が基本である。女人にとっては（あるいは美しい男にとっても）油断のならない場所だった。

しかし、湯屋は真昼でも薄暗い。冷たい外気が吹き込んで来ないように、厚い壁で密閉されているからだ。男女の識別すら難しいほどであった。

男は小桶で湯を汲んで、ザッと肩に浴びせかけた。冷えきった肌に熱い湯が沁みたであろうが、そこをひたすら痩せ我慢して「こいつぁ気持ちのいい日向水《ひなたみず》だぜ」などと強がって見せるのが江戸っ子というものだ。

「冷《ひ》え者《もん》だ。堪忍しねぇな」

冷えた身体で湯を冷ますことを詫びながら、男はザンブリと湯に入ってきた。

それからチラリと、菊野太夫に目を向けた。

「おや、お前《め》ぇさんは——」

菊野の正体に気づいた様子である。

菊野はチラリと優雅に会釈した。湯の中でも細い首筋をスッキリと伸ばし、凛《りん》然《ぜん》とした美しさを保っているが、内心では少しばかり、驚いてもいた。

花魁が客の前に出る時は顔面に白粉《おしろい》を塗りたくっている。ほとんど仮面をつけているようなものだ。その化粧をすべて落とし、高兵庫に結い上げた髪も下ろしているというのに、一目で菊野であることを見破られた。なかなか油断のならない眼力の持ち主である。

眼力の鋭い男は智慧《ちえ》の巡りも早い。大悪党によくある型だ。吉原の遊女は男を騙《だま》すのが仕事だが、極稀に、客の男にすっかりと騙されることもある。玄人《くろうと》の遊女を騙しおおせてしまうのは、えてして目の前のこの男のような、目も鼻も耳も聡《さと》くて智慧の巡る男なのである——と菊野太夫は思った。

男は昼前から酔っているのか、饒舌《じょうぜつ》に語りかけてきた。

「千金を費やしても拝めねぇっていう、花魁の肌身を、こんな近くで拝めるとは、こいつぁてぇした眼福だぜ」

脱衣場に控えた振袖新造が緊張している。この男が菊野太夫にこれ以上不埒《ふらち》なことを仕掛けるのであれば、湯屋の男衆を呼んで護ってもらわなければならない。当然喧嘩になるだろうが、太夫の肉体は吉原全体の財産なのだ。

剣呑《けんのん》な空気を察したのか、男はザバッと立ち上がった。

「これで初会は済んだってわけだ。次に裏を返した時には、もうちっと愛想良くしておくんねぇ」

男は湯から揚がる。典型的な烏の行水だ。もっとも江戸っ子は、棒手振《ぼてふ》りの商人でも、日に何度も湯に浸かる。だから毎回身体を洗ったりはしない。

「それじゃあな。オイラは朔太郎ってんだ。オイラの座敷に呼ばれた時には、端《はな》から袖にしねぇで、きっとやって来ておくんなよ」

菊野は花魁らしく返事もしないで目も閉じていたが、その口元にほんのりと笑みを含ませた。

図々しい男だが、なぜか厭味《いやみ》には感じられない。これが人徳というものであろうか。

朔太郎は着物を整えると、濡れ手拭いをぶら下げながら出ていった。

一人に戻った菊野は、振袖新造と禿を呼んで身体を洗うのを手伝わせた。玉の肌を磨き抜き、浴衣で濡れた肌を拭っていた時、ふと、薄闇の中から声を掛けられた。

「菊野姐《ねえ》さん」

今度は女の声だ。菊野は脱衣場の薄闇の中に目を向けた。

「『嶋よし』の滝川《たきがわ》でありんす」

挨拶をされて、ようやく、顔と名前を思い出した。

何度か、この湯屋で顔を会わせている。顔を会わせれば会釈ぐらいはする。しかし嶋よしは小見世だ。滝川もかつては引手茶屋から声を掛けられるほどの遊女であったらしいが、すでに盛りは過ぎている。小見世でほそぼそと食いつないでいるようだ。

本来なら、小見世の遊女が、大見世の花魁に馴れ馴れしく声を掛けることなどありえない。しかし滝川は切羽詰まった表情で身を寄せてきた。

「菊野姐さん、折入って、お話がありんすが、お耳をお貸しいただけやんしょうか」

なんとしても菊野に聞いてもらいたい話があるようだ。

「なんでありんしょう」

菊野は顔つきを引き締めて聞きなおした。

遊女たちには遊女にしか理解できない悩みがある。遊女特有の問題を抱えていることもある。こんな時は本当なら、抱え主の楼主に打ち明けるか、あるいは四郎兵衛番所の顔役にでも相談すれば良いのだが、それができない場合もあった。

基本的に、吉原の男はみんな、遊女の敵である。遊女は金儲けの元手であり、儲け話になることなら親身になって話を聞いてくれるが、そうでない相談事などには聞く耳を持たない。それどころか頭ごなしに叱りつけたりする。

結局、吉原の遊女たちは、遊女たち同士で助け合うより他にないのだ。

花魁ともなると吉原の遊女の中ではたいした顔役である。身分が高い者は威張っているだけではいけない。弱い者に助けの手を伸ばしてやらねばならないこともある。

「わっちの力になれることなら、力を貸しもいたしゃんす」

菊野がそう言うと、滝川は表情をわずかに綻ばせた。

「そのお言葉を伺って、心強《づよ》ぅおす」

吉原には独特の郭《くるわ》言葉がある。遊女の出身地の訛《なま》りを消すためだというが、遊女たちは幼女の頃に買われてきて吉原で言葉と文字を習うので、二十歳を過ぎた頃にはもう、郷里の言葉のほうを忘れている。

滝川は何から喋《しゃべ》り出したらよいものか、迷ったような顔つきで思案して、それから妙なことを訊ねてきた。

「面番所の新しい同心様に、あの、八巻様がお就きになったと聞きやんした」

「そうおすな」

「菊野姐さんのお座敷に、その八巻様がお上がりになりゃさんした、とか」

「そうおすな」

「姐さん、八巻様とお馴染みなら、八巻様に言伝てをお願いできやしませんか」

「それは、どんなことえ……」

滝川は、周囲を見回し、湯屋の中で同輩や牛太郎などが聞き耳を立てていないかを確認し、それから息せき切って語りはじめた。

「わっちの見世に、客が居続けになっていなさりやんすが、わっちはこの客が、なにやら恐ろしくてなりんせん」

菊野は眉根をそっとひそめた。

滝川はもう、年季明け間近の古株だ。水揚げされたばかりの新造ではない。どんなヤクザ者や暴れ者が登楼しても、あるいは病気持ちが夜具に潜り込んできても、もはやいちいち怯《おび》えたりなどしないはずだ。

「どうして、そんなに怖がることがありんしょう」

菊野が問い質《ただ》すと、滝川は急いで手を振った。

「わっちについた客ではないんでありんす。わっちの同輩の、月乃江についた客なんでありんすが……」

滝川はここで言葉を濁した。

「どこがどう怖いのか、と言われたら、わっちにも、なんとも言い様が……」

「どうしやさんした。はっきりと物を言いなんし」

「あい。そのお客、ちょっと目には水も滴りそうな優男《やさおとこ》なんでありんすが、月乃江さんのいないところでは、ゾッとするような、暗い目つきをしていなさることがありんす」

それだけならば、訝《いぶか》しいことなど何もないだろう、と菊野は感じた。滝川は続けた。

「こう言っちゃあなんでありんすが、月乃江さんは居続けの客のつくような遊女じゃああ りんせん」

ただの思い込み、あるいは妬《ねた》みにも聞こえた。普段見下している同輩に男前で金払いの良い客がついたので、悪い噂を広めたくなったのか、などと勘繰った。実際にそういう性悪の遊女は珍しくない。

しかし、滝川が語るに連れて、なにやら菊野の胸まで次第にソワソワとし始めたのだ。

「そのお客、ウチの見世にもう、三日も居続けしていなさるのでありんす」

「三日も？」

嶋よしのような小見世でも、三日居続けとなるとかなりの散財になるはずだ。

「月乃江さんは、口数の少ないお人だし、芸事もちょっと……。三日も飽きずに、居続けられるようなお女郎とは違いおす」

客の話題についてもゆけず、芸事もできないとあれば、確かに飽きがくるだろう。『美女も三日で飽きがくる』とはこういう謂《いい》だ。客を飽きさせないように諸芸に励んでいる菊野には良く分かる。

滝川も同じ考えなのだろう。だから月乃江の身を案じている。

「わっちは、その男には何か、裏があるように思えてなりんせん」

菊野は訊ねた。

「その月乃江さんとやら、揚代はお安いお女郎さんでありんすか」

「あい。安いだけが取り柄で——あっ、わっちがこんなことを言っていたとは、月乃江さんや、楼主の親爺さんには内緒にしてやっておくんなさい」

「つまりはこういうことでありんすかえ。そのお客は、ただ、吉原に居続けたいというだけの理由で、揚代の安くて済むお女郎さんを買っていなさる、と、こういうことでありんすか」

「わっちには、そう思えてなりんせん。……いったい、あのお客がどういったご身分なのか、菊野姐さん、八巻様のお耳に入れなんして、八巻様のお力で問い質してやっちゃあいただけやせんか」

「怪しい客なら、お前様の抱え主が面番所へ知らせるのが筋でありんしょう」

「それが、ウチの業突《ごうつく》張りめ、月乃江が良い客を摑《つか》んだと、ホクホク顔をしている始末でありんすよ」

　金さえ落としてくれるならどんな客でも歓迎という意向なのだろう。確かに、厳しく客を選別していては、この商売は成り立たない。

　菊野は無言で考え込んだ。なにはともあれ、役人の耳には一報を入れておいたほうがいいのかも知れない。

（三国屋の若旦那とはご昵懇《じっこん》のお役人様なのだし）

吉原面番所に赴任して早々に、吉原の者の手引きで手柄を立てることができれば、同心だって人間だ。気分が良くなって、吉原への心証も良くなるであろう。お役人の気分が良くなるように取り計らうことは、吉原の処世術でもあった。

「心得やんした。この菊野が、八巻様のお耳に届けやんしょう」

「そう願えれば、こっちも心安うありんす。……お手を煩《わずら》わせて、堪忍してやっておくんなまし」

「なんの。もしかしたらお手柄――ご褒美を頂戴できるかも知れないでありんすよ」

滝川は表情を曇らせた。

「そうならないほうが、わっちには、いっそ嬉しいことでありんす」

どうやら本気で月乃江の身を案じていたようだ。すべては自分の思い過ごしであって欲しい、と願ってもいたようである。

同輩を妬んでの悪口雑言《あっこうぞうごん》ではない、と理解して、菊野もこの一件に本気で首を突っこむ覚悟を固めたのだった。

三

「あっ、わ、若旦那……！」

卯之吉が町人姿で吉原の大門をくぐると、その姿を面番所から目敏《めざと》く見つけた由利之丞がすっ飛んできてその腕を引いた。

由利之丞は卯之吉から借りた八巻家の家紋つきの黒羽織を着けている。黒羽織姿の役人に腕を引かれたので、卯之吉は心底びっくりしてしまった。

「な、何をなさいますお役人様。ご無体な。手前は何も、悪事なぞ働いちゃあおりませんよ」

どうして目をつけられたのかはわからないが、賄賂《わいろ》でなんとか目溢《めこぼ》ししてもらえないだろうか、と、卯之吉は早くも袖の下を用意した。

由利之丞は卯之吉を番所に引き込んで畳に座らせると、後ろ手にピシャリと障子戸を閉めた。

「小芝居なんぞ要りませんよ若旦那！　オイラ、困ったことになっちまったんですから」

卯之吉はここでようやく、（ああ、由利之丞さんでしたかえ）と気づき、（このお人はあたしの代わりに、吉原面番所に詰めていなさるんでしたねぇ）と、他人事のように考えた。

番所は、障子戸が入り口になっていて、土間があり、畳を敷いた居間があり、さらにその奥には板敷きがあって、この板敷きは罪人を捕らえた際の留置所としても使われる。今は板敷きの敷居のところにウッソリと、水谷弥五郎が座っていた。

由利之丞だとわかれば遠慮はいらない。卯之吉は番所に置いてあった莨《たばこ》盆を引き寄せて、プカーッと一服つけはじめた。

片手で煙管を構えながら、土間に突っ立ったままの由利之丞を見上げた。

「それで、いったい何事が起こりましたかねぇ」

「そんな悠長に構えている場合じゃあないですよ。菊野太夫が振袖新造と禿を引き連れてやってきて――」

「この番所へ？　面番所ってのは、引手茶屋みたいに花魁を呼ぶこともできるんですかぇ」

「そんなわけがないでしょうに！　御用の筋で見えたんですよ」

「御用の？　はぁ。それで、どんなお話だったのです」

「どんなって言われたって……、オイラはただの芝居者だよ。御用の筋で訴えられたって、ろくな返事なんか出来やしない。そりゃあオイラだって芝居者さ。役さえ与えられれば、どんな役柄にだってなりきる自信はあるよ。でも、それは、狂言作家が台帳（台本のこと）を書いてくれるからであって、台詞《せりふ》も用意されていないのに、いきなり同心様の芝居をしろったって困るよ！」

菊野太夫が持ち込んだ話の内容を告げることより、その時自分がどれだけ必死だったか、同心を演じきるのにどれほど苦心惨憺《さんたん》させられたかについて、口角泡を飛ばして訴え続けた。

「俺から言おう」

見かねた水谷弥五郎が割って入った。水谷は由利之丞に影のように従っている。菊野太夫とのやりとりも薄暗い番所の隅で聞いていた。

「どうやら、謂《いわ》れもなくこの吉原に長逗留している客が居るらしい……とのことであった」

「それで？」

「それだけだ」

「はぁ」

卯之吉は、だからいったいなんなのだ、と考え込んでしまった。

（吉原に謂れもなく長逗留している客といったら……）

いつもの自分が、まさにそれではないか。

卯之吉にとって吉原は放蕩するためにある場所だ。蕩尽をするためにあるのだ。吉原に長逗留して、いったいなにが悪いというのか。

卯之吉は番所の汚れた天井を見上げて、紫煙を吹いた。

（お役人様の考えなさることってのは、あたしら素ッ町人にはさっぱり見当がつきませんねぇ）

卯之吉は、世間では〝南町一の切れ者〟などと評されているが、その実態は、右も左もさっぱりわからぬ新米同心だ。否、どんな新米だって、子供の頃から父や祖父の働きを目にしているから、同心のなんたるか、その心得ぐらいは身につけている。しかし卯之吉にはそれすらない。

八巻同心が本物の同心であれば、「得たりや応」とばかりに不審な客の詮議《せんぎ》に向かうか、あるいは泳がせて様子を見るかするのであろう。しかし、卯之吉は偽者同心だ。否、正規に八巻家の後を継いだ本物の同心なのだが、卯之吉の主観では、同心稼業も遊びの一部、ぐらいのつもりでいる。

卯之吉は、内心では困ったと思いながらも、薄笑いなど浮かべてしまった。その姿が余裕ありげに見えたのか、由利之丞が身を乗り出してきた。

「ねぇ若旦那、オイラはこれからどうすればいい？」

由利之丞とすれば、本職の同心の指図を仰ぐより他ないわけで、卯之吉を頼るのは当然だ。ところが卯之吉も内心では、（どうしたもんかねぇ）などと無責任に考えて、ヘラヘラと笑っているのである。

「とにもかくにも、そのお人のお顔を拝んできましょうかね」

「うん。そ、そうしようか。いや、それがいいね」

由利之丞は刀掛けから大刀を摑み取って腰に差した。うっかりすると今でも刀を置き忘れてしまう卯之吉などより、よほど武士の作法が身についている。

卯之吉たちは、嶋よしとは通りを挟んだ向かい側の小見世に登楼した。遊びにきたわけではない。楼主にわけを話して嶋よしを見張るために座敷を借りたのだ。

細く開けた障子の隙間から、由利之丞と卯之吉と、水谷弥五郎が目玉だけを覗かせている。さらには嶋よしの遊女の滝川も、訳知り顔で控えていた。

滝川に指してもらわないことには、問題の男を見分けることができないのだから当然だ。しかし滝川は、嶋よしの出入り口を見張ることより、由利之丞に目を向けていることのほうが多かった。

「本当に、お噂どおりにお美しい同心様……」

姥桜が目を潤ませて、ウットリと由利之丞に見惚《みと》れている。

この時の由利之丞は、黒い巻羽織ではあまりにも目立ってしまうので、ちょっとした商家の若旦那ふうの格好をしていた。髷《まげ》も町人髷に結い直してある。

「まるで、芝居の若衆方のようなお姿でありんすなぁ」

芝居の若衆方なのだから当たり前だ。

水谷弥五郎はさっきからイライラしている。可愛い由利之丞を不躾《ぶしつけ》に鑑賞されては腹が立つ。

「貴様はッ、ちゃんと見張らぬかっ！」

叱りつけたが、剣客浪人の凄みも海千山千の年嵩遊女には、まったく通じない。さすがは男あしらいの玄人だ、と褒めるべきなのか。

その時、卯之吉が「おや」と声をもらした。

「滝川さん、あのお人ではないかえ？」

「えっ」

滝川も急いで目を隙間に押し当てた。

「ああ、そうそう。あの男でありんすよ」

白面小僧ノ禄太郎が、鯔背《いなせ》な手つきで暖簾をかきあげながら通りに出てきた。

卯之吉と由利之丞と水谷が、一斉にその男を注視した。

禄太郎は長身の肩を斜めにしながら、吉原の奥へと消えていった。

「どうです、気持ちの悪い男でありんしょう」

ふぅむ、と卯之吉も考え込んだ。

「何を仕事になさっているお人だろうねぇ？」

まずそれが第一に不審であった。今の男の姿からは、生活や稼業の匂いが漂って来ない。

「一人前の男が、あの年嵩になれば、たいがい、暮らしぶりが身に染みついているものですよねぇ」

卯之吉は首をひねってから、呟いた。

「ドサ回りのお役者かねぇ？」

江戸三座の役者なら、たいがいは見憶《みおぼ》えている卯之吉だ。それなのに知らない顔だったから、地方回りの旅役者だろうかと思ったのだ。

「いいや」

由利之丞が即座に否定した。

「あれは芝居者じゃあないよ。歩き方が雑だ。芝居の所作が身についていない」

芝居者は、まず第一に踊りを習う。舞踊を身につけた者は、誰の目にもはっきりとわかるほどに、独特の足の運び方をするものだ。

滝川はパチンと両の手のひらを打ち鳴らした。

「さすがは八巻様！　鋭いお見立てでありんすなぁ。なぁに、この滝川も、そう思っていたところなんでありんす」

「わかったから、お前はちょっと座敷を外しておれ」

水谷は滝川を座敷の外に追いやった。問題の男がわかったのだから、もう用はない。卯之吉が本物の八巻で、由利之丞が偽者だと見抜かれては面倒だ。

男たち三人は額を寄せ集めた。

「それで、これからどうしようね」

由利之丞が卯之吉と水谷に訊ねた。卯之吉が答えた。

「こんな時、荒海の親分さんがいてくれたら、いいのだけれどねぇ」

いきなり弱音を吐く。

「だが、吉原は四郎兵衛番所の縄張りだぞ。三右衛門といえども、勝手な真似はできまい」

「そうなんですよ、水谷様。それで困っちまっているんです」

由利之丞が不思議そうに訊いてきた。

「なら、四郎兵衛番所の男衆を走らせたら？　八巻様がお声を掛ければ……って、つまりオイラが、ってことか。四郎兵衛親分に話を通せば、番所の者を使えるんじゃないの」

「まぁ、そうなんだけどね。でも、四郎兵衛番所は春駒さんを殺したのは沢田様だって思ってる。同じ南町の役人が声を掛けても、果たして、どこまで本腰を入れて動いてくれるものかねぇ」

「うむ」と水谷が無骨な手で顎を撫《な》でた。

「南町が沢田の罪を他の者になすりつけようと画策している、そんな手には乗るものか、などと、かえって邪魔だてなどしてこぬとも限らぬな」

「そうなんですよ」

「すると、今、この吉原で味方となって動けるのは、オイラと、若旦那と、弥五さんと、銀八《ぎんぱ》っつぁんだけだってこと？」

由利之丞が悲鳴をあげた。

その時、小見世の安普請の階段をミシリミシリと言わせながら、何者かが二階座敷へと昇ってきた。男たちは慌てて口をつぐんだ。会話のどこまでが階下に聞こえていたか、わかったものではない。

案の定、由利之丞の悲鳴は座敷の外まで響いていたようだ。

「八巻様、御案じなさることはありんせん」

禿二人が左右に開けた襖の真ん中を堂々と通って、菊野太夫が踏み込んできた。由利之丞が腰を浮かせた。

「これは太夫」

由利之丞のような半端な若衆方から見れば、菊野太夫のほうがはるかに格上だ。自然に上座を太夫に譲った。菊野は悠然と床ノ間の前に陣取った。

菊野太夫がこの小見世にやって来たのは、ここに八巻が張り込んでいるということを滝川から聞かされたからである。

卯之吉は菊野に訊ねた。

「今のお言葉は、どういう意味ですね」

菊野は、澄まし顔を卯之吉に向けて、うっすらと微笑んだ。

「この一件、このわっちが八巻様にお頼み申したことでありんす。八巻様だけのお手を煩わせては心が苦しゅうござんす」

「手を煩わされるとか、そんなことは、まったく思ってないけど」

卯之吉は、今の八巻は由利之丞だということをすっかり忘れて返事をした。

「それが町方同心のお役目だからねぇ」

「左様ではありんしょうが」

菊野は艶冶《えんや》な流し目を、黒巻羽織姿の由利之丞に向けた。

「さすがの八巻様をもってしても、この吉原の中までは、お手が回りかねることもおありのご様子」

たった今の泣き言を聞かれたのだから、そう思われても仕方がない。それに実際に、偽者同心の由利之丞と、新米同心の卯之吉では、なにをどうやって調べたものか、さっぱりわからないのも事実だった。

卯之吉は訊《き》いた。

「それで、太夫。なんぞ良いお考えでもあるのかえ」

「あい。憚《はばか》りながらこのわっちも、吉原では太夫を張る女郎でありんす。女郎衆たちからは、何かと頼りにされている身」

「うん。そいつぁたいしたものだねぇ。だけど、それがなにか？」

「あい。この吉原の中のことは、わっちら女郎たちが、他の誰よりも詳しゅうござんす。四郎兵衛番所の男衆でも知り得ぬことも、わっちら女郎衆には筒抜けでありんすえ」

「なるほど、そういうこともあるだろうね」

なにしろ、客たちは皆、遊女たちと肌を合わせて寝物語などするのだ。男たちでは絶対に知り得ぬ、掴みえぬ情報に接しているのに違いなかった。

ちなみに〝女郎〟は当時、差別語ではない。

「わっちら女郎が、八巻様の目となり、耳となって働きましょう。わっちらが知った事柄は、子細もらさず、八巻様のお耳に伝わるよう、取り計らうこととといたしやんす」

「そいつぁ有り難いねぇ」

八巻役の由利之丞ではなく、若旦那姿の卯之吉が喜色を満面に現わした。やっぱり、ただいま八巻を演じているのは由利之丞だということを放念しているらしい。

「そうとなれば、これをみんなに分けてやっておくれな」

懐から紙入れを取り出して、惜しげもなく小判を鷲摑《わしづか》みにすると、菊野太夫の膝の前に押しやった。

「只で働かせるわけにはいかないからねぇ」

菊野は、困惑顔で由利之丞を見つめた。

「よろしいんでありんすか」

事情がまったく摑めていない菊野太夫とすれば、八巻の役に立つつもりでやってきたのに、卯之吉から礼金を受け取る謂れがない。

由利之丞は、そこは本職の役者だから、同心八巻になりきっている。取り澄ました顔つきで答えた。

「三国屋がこの八巻のために金を惜しまぬと申しておるのであれば、うむ。受けておくが良かろうぞ」

「あい。では……」

菊野太夫は由利之丞に低頭した。

「遠慮なく、頂戴いたしまする」

それから卯之吉にも目を向けて、こちらは幾分、心の通じ合った者同士の慣れ

た口調で、

「これでわっちの顔も立ちましたえ」

と、礼をいった。

面番所の同心のため、ひいては吉原全体の治安のためではあるが、やはり、遊女たちを動かすのに、ただ働きというわけにはいかなかったのだ。

「うん。まぁ、これで一安心だね」

生まれてこのかた、何もかも他人任せで生きてきた卯之吉は、これで肩の荷が下りた、とでも言わんばかりの顔つきになって、煙管を取り出して咥《くわ》えた。

四

張り込みを終えてしまえば貧相な小見世に用はない。卯之吉はいつも贔屓《ひいき》にしている大黒屋に移った。

銀八が暖簾をかき上げて卯之吉を通す。大黒屋一同の愛想笑いに迎えられて、卯之吉は二階座敷に腰を落ち着けた。

「吉原面番所の同心を言いつけられた時には、どうなることかと思ったけど、こうして吉原に居続けをしていても誰からも叱られないんだ。こんな愉快なお役は他にはあるまいねぇ。まったく、あたしの天職だねぇ」

「さいでげすな」

銀八は仕事がら、心にもない相槌《あいづち》を打った。

吉原面番所の同心は、吉原に潜伏する罪人を取り押さえるのが役目だ。悪事で大金を手にした悪党は、面白おかしく散財しようと吉原に乗り込んでくる。もちろん、羽振りの良い商人や職人に変装して来るのだが、そこをすかさず眼光鋭く見極めて、お縄にかけてしまうのが吉原面番所の同心の凄みであった。

お手配者の人相書きなど、すべて頭に入っているし、大門をくぐる遊客たちの不審な素振りや、不自然な身形《みなり》などは絶対に見逃さない。

並の同心にはとうてい勤まらない仕事だし、切れ者の同心をもってしても神経をすり減らしてしまう役目だ。

（吉原勤めになったからといって、毎日宴会ばかりしているのは若旦那だけでございますよォ）

と言いたかったが、しかし、そんな道理を言い聞かせたところで聞く耳を持つ卯之吉ではない。銀八は身に沁みて理解している。ヘコヘコと腰をかがめながら、愛想笑いで卯之吉の酒宴を取り持ちはじめた。

それに、である。卯之吉が本気になって勤めに励み出したりしたら、卯之吉の小者である銀八も、岡っ引き風を吹かせながら、吉原全体に凄みを利かせなければならなくなる。

（このあっしに、そんな真似ができるはずもねぇでげすから）

これで良いのだ、と銀八は割り切って考えた。

第五章　強風の日

一

「おい、どうしても入《へ》ぇるつもりかい」

荒海ノ三右衛門が美鈴の背中に声を掛けた。

美鈴は吉原大門に続く五十間道を歩いている。男物の小袖に袴、羽織を着けて、腰には大小まで差していた。笠を目深に被って面相を隠せば、長身で胸や尻の膨らみに乏しい体型なので、元服前の若侍に見えないこともない。

ムッツリと口をつぐんで黙々と歩いている理由《わけ》は、不機嫌なのと、緊張しているのと両方だ。

吉原面番所の同心になってからというもの、卯之吉はほとんど屋敷に戻ってこなかった。吉原に入り浸りである。

剣術修行一筋に生きてきた美鈴でも、吉原がどういう場所か、ぐらいは知っている。卯之吉に恋する娘としては、千々に心の乱れる思いだ。

思い詰めた若い娘は一途である。吉原に乗り込んでくれようと心に決めて、男装の姿で日本堤を押し渡ってきたのであった。

美鈴と三右衛門の二人連れは、遠目には、若侍とその家に使える小者のようにも見える。吉原に乗り込もうとする若君を、御家に忠節な小者が窘《たしな》めている姿に見えた。

三右衛門が美鈴に訊ねた。

「吉原に乗り込んで、どうするつもりなんだよ」

三右衛門は侠客の一家を抱える親分で、はっきり言えば大悪党だ。悪党なのだが、一家の若い衆の面倒を見たり、表稼業であるところの口入れ屋で、田舎娘に女中奉公などを世話しているうちに、なにやら若い者の世話を焼くのが習い性みたいになってきた。老境に差しかかったせいなのか、最近ますます世話焼き癖がついてきた様子である。

まして、大切な八巻の旦那の家に仕える下働きとあれば見捨ててはおけない。

美鈴の身になにかあったら、八巻の旦那に叱られてしまう。

一方、美鈴も、「どうする気なのだ」と訊ねられて、返答に窮してしまった。

（どうするつもりなのだろう……）

自問しても答えは出てこない。ただ、居ても立ってもいられないから、ここまで来てしまったのだ。

卯之吉が登楼した座敷に乗り込んだとして、そこで一つ閨《ねや》で遊女と肌を合わせる様など見せつけられてしまったら――。

「ぬうんっ！」

いきなり美鈴は抜刀し、腰の刀を一閃《いっせん》させて、たまたまそこに刺さっていた土留めの杭を一刀両断にした。

三右衛門が慌てふためいた。

「馬鹿野郎ッ、こんなところで刀を抜くヤツがあるか！　地回りの下っ引きに見《み》咎《とが》められたらどうする！　とっとと仕舞っとけ、そんなもん」

羽織の袖を広げて美鈴の姿を人目から隠しつつ、急いで腕を摑《つか》んで納刀させた。

「江戸市中で刀を抜いたら、死罪になることもあるんだぜ！」

美鈴も、ハッと我に返った様子で、頬を真っ赤に染めた。

「わ、わたしは、何を……」

「何を、じゃねぇ！　正気か」

美鈴は唇を嚙んで俯《うつむ》いた。

「む……。確かに、今のわたしは、正気ではないのかも知れない」

「そう思うのなら引き返したがいいぜ」

「いや……、それはできない」

意志堅固な剣術使いの負けじ魂が、悪いほうへ発現《はつげん》している様子である。三右衛門は呆《あき》れ果てた。

「そこまで言うなら、オイラも意地っ張りだ。意地っ張り同士、お前《め》ぇの気持ちもまんざらわからねぇでもねぇから、もう何も言わねぇが……。しかしよ、入《へ》ぇる時、四郎兵衛番所にツラぁ出して切手を受け取るのを忘れるなよ。お前ぇのその変装なんざ、四郎兵衛番所の目にはお見通しよ。切手がなければ吉原から出られなくなるからな」

入る時は問題ないが、出る時に、男装などしていて、しかも本当は女だとバレたら大変なことになってしまう。

「オイラがなかまで入れたら、いいんだけどなぁ」

三下のヤクザなら、吉原に踏み込んでも誰からも何も言われないが、三右衛門ほどの大物になると、四郎兵衛番所への仁義の切り方など、いちいち面倒なことになる。四郎兵衛と兄弟分であれば「遊びに寄らせてもらったぜ」の一言で済むのだが、四郎兵衛と三右衛門は、それほど親しい仲ではなかった。

そうこうするうち、いよいよ吉原大門が近づいてきた。華やかな清掻《すががき》の音が聞こえてきた。


「おや」

お峰は目つきを険しくさせた。

（あれは……、荒海ノ三右衛門じゃないか）

赤坂新町の大立者の三右衛門が、どういうつもりか若侍の供をして歩いてくる。

お峰は大黒屋の下働きとして働いている。遊女の着物を染み抜き屋（高級着物の洗濯屋）へ受け取りにいった帰りであった。吉原で働いている女だからといって、遊女だとは限らない。遊女が存分に働けるように、男衆《おとこし》や下女が遊廓を後ろから支えていたのだ。

お峰のような身元の定かではない女は、かえって遊女としては雇われにくい。もちろん、小見世や切見世の安女郎としてならば、いくらでも雇ってもらえるのだが、お峰の目的は八巻に近づくことだ。八巻が贔屓《ひいき》にしている大黒屋に潜り込まなくては意味がない。

お峰は、そっと物陰に身をひそめて、三右衛門たちの様子を窺《うかが》った。

三右衛門が八巻の手下になっている、という事実は、江戸の闇社会に知れ渡っている。三右衛門は博徒の世界の大親分だ。町方役人などものともしない強情と強面《こわもて》で知られていたのであるが、なにゆえか改心して八巻の子分になってしまった。

江戸に潜伏している悪党どもは、同心八巻を蛇蝎《だかつ》のごとくに恐れているが、その半分は三右衛門に対する恐怖でもある。南町随一の切れ者同心と、江戸の闇を仕切る大親分が手を組んだのだ。向かうところ敵なしと言っていいだろう。

(おまけに、三国屋の財力が後ろ楯、ときているのだからねぇ……)

お峰のような悪党にとっては、煙たくてならない話である。

(ま、いずれ、八巻も三右衛門も、あたしの手であの世に送ってやるさ)

そのためにも、敵の手の内はよく知っておかねばなるまい。特に、八巻と、三国屋の若旦那の謎だけは、解いておく必要があった。

（もう一人の若党は誰だろうね）

元服前なのか、髪は総髪にして、前髪も垂らしている。目深にかぶった笠から覗《のぞ》いた白い顔は、輪郭もスッキリとしてじつに美しい。

（八巻の回りには、美男ばかり集まってくるらしいね）

八巻と名乗り、同心の格好をした謎の男も、三国屋の若旦那の格好をした八巻本人も、役者にしたいほど美しい顔だちだ。ふたりにいつもくっついている水谷弥五郎という浪人も、燻銀《いぶしぎん》の凄《すご》みが利いた好《い》い男だと、年嵩《としかさ》の遊女たちが褒《ほ》めそやしている。

そのうえ今度は、娘のように綺麗な顔だちの若侍ときた。いったいこれは、どういうことか。百戦錬磨の牝狐《めぎつね》であるはずのお峰にもさっぱり理解できない。

その若侍は門前で三右衛門と別れた。気後れした顔つきで大門を見上げていたが、意を決した表情で門をくぐってきた。

門をくぐった所で立ち止まり、左手にある面番所と、右手にある四郎兵衛番所を交互に見た。どちらを先に訪《おとな》うべきかで悩んでいる様子だ。

（どうやら、八巻に用があるようだね）

と、お峰は見て取った。女郎買いにきたわけではなさそうだ。それどころか、仲ノ町の艶《なまめ》かしい光景を一瞥《いちべつ》して、嫌悪の表情まで浮かべている。

お峰も悪党――悪女であるから、こういうウブな若者は嫌いではない。ちょいと摘《つ》まんで、可愛がってやりたくもなる。

結局、若侍は面番所へと足を向けた。障子戸をホトホトと叩いて番所の中を覗きこんだ。

「もぅし、旦那様」

声変わり前なのか、澄んだ美声で声を掛けた。

お峰は、ちょっと首を傾《かし》げた。三右衛門と一緒にやって来て、番所に向かって「旦那様」と声を掛けたのだから、八巻家の家来なのに違いない。

しかし町奉行所の同心の正式な身分は足軽である。同心の家に若党（家来）が仕えている、などという話はついぞ聞いたことがない。武士のほうが偉いのだから、武士が同心の家来になるはずがない。

お峰は、おそるおそる、番所と若侍に歩み寄った。お峰の勘が、この若侍から目を離すな、と告げていた。

すぐに、番所の奥から、黒い巻羽織姿の〝八巻〟が出てきた。八巻は、その若侍に見覚えがなかったのか、

「はい、どちら様？」

と、訊ねた。

若侍のほうも、訝《いぶか》しげに両目を瞬いた。

「御貴殿は」

八巻は答えた。

「オイラは吉原同心の八巻だけど、なにか？」

若侍は、心底驚いた顔をした。

「……あなたは、誰？」

その時、番所の奥から飛び出してきた浪人者が、若侍の袖を握って引いた。

「入れ」

若侍を急いで番所に引きずり込むと、顔だけ間口から出して、通りの様子を窺う。お峰は心得きったもので、素知らぬ顔で通りすぎた。大門前を歩いている者は大勢いる。とくに怪しまれた様子はなかった。

番所の障子戸がピシャリと閉ざされた。何事かささやき声がしているが、なに

を喋《しゃべ》っているのかはわからない。お峰も十分に警戒して、聞き耳を立てるような真似はしなかった。

それでも、はっきりとわかったことがある。

（あの若侍、八巻の縁者でありながら、あの同心の顔を知らなかった……）

やはり、あの〝八巻〟は偽者なのだ。

（しかし、だとしたら……）

三国屋の若旦那として大黒屋で遊興している放蕩《ほうとう》者が、本物の八巻だということになる。そんなことがありえるのか。

吉原で働く誰もが、あの男を、三国屋の若旦那であると認識している。皆がそう信じて疑わない。疑う理由もなく、それが当たり前だと受けいれている。

（つまり、三国屋の若旦那と、同心八巻は同一人物、ということか）

それは、もっともっと、ありえそうにない話だ。

あるいは双子が生き別れにされて、一人は同心の家に引き取られ、一人は大店《おおだな》の若旦那として育てられた、ということだろうか。

この時代、双子は生まれてすぐに離ればなれにされて、他人として育てられるという悪習があった。

（わからない……。さっぱり、わからない）

突如として江戸に出現して、八面六臂《はちめんろっぴ》の活躍を見せる切れ者同心の人間離れした能力の陰に、この謎が横たわっている。

（この謎が解けた時こそ、八巻の命を取ることができるのではないだろうか）

と、そう思った。

二

「おや、美鈴様、こんな所でお目にかかろうとは……」

卯之吉は間の抜けた顔を上げ、さらに気合の抜けきった声を美鈴に掛けた。

「旦那様ッ！」

美鈴は畳を蹴立てて、大黒屋の二階座敷に踏み込んできた。にもかかわらず足音をまったく立てなかったのは、さすが、溝口道場一の使い手、というべきか。

座敷には、卯之吉と銀八だけがいた。遊女や芸人たちを同席させるわけにもいかないので、急いで下がらせたのだ。

由利之丞と水谷弥五郎もやってきた。美鈴はプンプンとむくれているし、由利之丞と水谷弥五郎は面目なさそうに肩をすくめている。

座敷には酒宴の膳や台ノ物（料理）が置きっぱなしだ。この場で何が行われていたのか、若い娘の美鈴でもはっきりとわかる。美鈴は膝の裏に手をやって袴を折ると、卯之吉の正面に勢い込んで正座した。

「これは、いったいどういうことですッ」

宴席の様子に目を向けながら、卯之吉を難詰した。

「ええと、まぁ……。そうですねぇ、なにから話せば良いものやら」

卯之吉は薄笑いなど浮かべている。別に、虚言を弄《ろう》して美鈴をはぐらかそうとしているわけではない。本気で、何から話せば良いものやら、わからないのだ。

（あたしだって、どうしてあたしが同心なんかやっているのか、うーむ。何がどうしてこうなったのやら、さっぱりわからないんですものねぇ）

部外者の美鈴を納得させるのは至難の業だ。

見かねた銀八が口を挟んだ。

「これも、お役目でございまして。ええー、悪党どもを油断させる策だとか、まぁ、そういった手合いのものでげす」

水谷も無骨な顔つきを引きつらせながら言い添えた。

「ここな八巻氏《うじ》もな、吉原同心の役目を由利之丞に押しつけて、だな、自分だけ遊び呆《ほう》けていた、というわけでは……」

と言いかけたが、「ない」とは断言しなかった。水谷弥五郎は武士である。武士たるもの、嘘はつけない。

美鈴はキッと鋭い視線を水谷に向けた。

「やっぱり！　遊び呆けていたのですね！」

その場の誰もが「そんなことはない」とは言えずに、美鈴から視線を逸《そ》らせて困惑顔を伏せたり、横を向いたりした。

「ほぅら、やっぱり！」

卯之吉だけが悪びれた様子もない。開き直っているわけではない。生まれついての放蕩者は、放蕩が不行跡だとはこれっぽっちも思っていないから、恥ずべきところは何もないのだ。

「まぁ、これも吉原面番所の同心のお役目ですよ」

しれっとした顔つきで言う。由利之丞と水谷弥五郎が「そんなことはない」と首を横に振った。

卯之吉は続ける。

「遊んでいたわけではない、と言えば、まぁ、嘘になりますかねぇ。でも、ちゃんと調べはつけているわけなのでして」

菊野太夫や滝川たち遊女に任せっきりにしてあるだけなのだが、卯之吉の主観では〝ちゃんとお役は果たしている〟ということになっているらしい。

「まぁ、そういう次第ですから」

とか言いながら、自分で銚子を手に取って、朱塗りの大盃を酒で満たし、大きく呷《あお》った。遊んでいたわけではないと言ってる傍《そば》から飲んでいる。たいした度胸と言うべきか。

「どうです、美鈴様も」

卯之吉は無神経にも盃を美鈴に突き出した。美鈴は首を横に振った。

「わたしは酒は飲みません」

「おや」と、卯之吉は目を丸くさせた。

「下戸なのですかぇ」

美鈴は唇を尖《とが》らせてプイッと横を向いた。

「酔えば手元が狂います」

武芸者にとって酒は大敵だ。思わぬ油断を喫する元になりかねない。

「そうですかえ」

卯之吉は酔態の綺麗な男だ。無理強いはせずに盃を手元に戻した。

そして、何を思いついたのか、ハッと顔を上げた。

「そうだね、美鈴様なら、うってつけだね」

何を考えているのか、一人で納得して何度も頷《うなず》いた。

美鈴は首を傾げて卯之吉を見つめた。

「なんのお話です」

「うん。いま言った吉原同心のお役目でね。吉原のお女郎さんたちがあたしのために動いてくれているのさ」

卯之吉は、一連の事件を語って聞かせた。

「……というわけなんだけど、相手は悪党だからね、あたしもちっとばかし、心配なのさ」

卯之吉が、世間の噂に相違して、剣の腕などからきしであることは、美鈴も理解している。同心として遊女たちを守ってやることなどできはしないであろう。

卯之吉はチラリと視線を水谷弥五郎に向けた。

「水谷先生が、お女郎さんたちの用心棒をやってくれるのなら、有り難いのですけどねぇ」

水谷は渋い顔つきで、首を横に振った。

「拙者は由利之丞を守るため、吉原などに嫌々乗り込んで参ったのだ。由利之丞の傍を離れることはできぬ。好んで吉原に来たのではない。遊女の世話などまっぴら御免蒙《こうむ》る」

卯之吉は肩を竦《すく》めて苦笑した。

「という次第でございましてねぇ。どなたかに、お女郎さんたちの用心棒になっていただけないものかと思案していたところでしてねぇ」

「つまり、わたしがうってつけだと」

「ええ、まぁ。図々しい話ですがね。美鈴様は剣の腕はお立ちになるが、女人でもいらっしゃる。そこは女人同士でございますから、お女郎さんたちも何かとねぇ、男衆には打ち明け難《にく》いことも、打ち明けられるのではないか、などとねぇ、思案しているわけなのですよ」

美鈴は、卯之吉が、まんざら遊び呆けていたわけでもなさそうだ、と理解（あるいは誤解）した。

もともと、卯之吉が恋しくてたまらないから、八巻家に押しかけ奉公までした娘だ。思い込みが激しい。卯之吉の頼みとあれば断ることなどできはしない。しかも、遊女たちが危険な目に遭《あ》わされていると聞けば、同じ女人同士、手を貸すことにやぶさかではなかった。

「わかりました！　わたしでお役に立てることなら、なんなりと引き受けましょう！」

膨らみの乏しい胸を、小さな拳で叩いて請け合った。

「それは良かった。頼りにしていますよ」

卯之吉は、（これでまた一つ、肩の荷が下りた）とでも言うような顔つきで、旨《うま》そうに酒杯を飲み干した。

三

翌日は朝から晴れ渡っていた。空は青く澄み渡り、両国橋の真ん中に立てば富士や筑波山《つくばさん》までよく見えた。

冬から春先にかけて、空気の澄んだ日には風が吹く。案の定、空っ風が吹きつけてきた。

物干し台が吹き倒され、飛ばされた洗濯物を追いかけて、長屋のおっかァが走っていく。木場では人足たちが、天日干しの板をしまい込むのに必死だ。町人地でも売り物を店の前には並べておけないほどだ。

通りという通りから黄色い土埃が巻きあがる。道を歩く人たちは腰をかがめて、目と口を押さえながら歩かなければならなかった。


その日も卯之吉は朝から酒を飲んでいた。なにしろ吉原詰めを命じられた身である。口うるさい筆頭同心の村田銕三郎や、目付役の尾上伸平もいない。一日中酒を飲んでいても（それで卯之吉本人の良心が痛まないのであれば）まったく問題ないわけだ。

二階座敷の障子が強風にあおられてガタガタと音を立てていた。隙間風がきつい。しかし、さすがに雨戸を閉めさせるほどでもない。厚着をして炬燵《こたつ》にあたっていれば、寒さに耐えられないこともなかった。

（それにしても）と卯之吉は思った。

障子にあたった日の光が眩《まぶ》しい。障子紙が真っ白に光っている。

空気も冷たく、風も強いが、陽差しはすっかり春めいている。日も長くなってきたし、朝の陽差しの眩しさに、朝寝が辛く感じられるようにもなっていた。

燗《かん》をつけた下り酒をゆるゆると口に含んでいた時、窓の障子を小男の影が通りすぎて行った。

卯之吉は「えっ」と思って目を向けた。ここは二階だ。しかし確かに窓の障子紙に男の影が映っている。

（いったいどうして。そんなに背の高いお人がいるのかねぇ）

卯之吉は急いで炬燵から這《は》い出すと、子供のように窓辺に駆け寄って障子を開けた。

窓辺とほんの四尺ほどの距離を隔てて、男と顔を突き合わせてしまった。

「こんち、ごきげんよろしゅう」

卯之吉と目が合うと、男はニコリと笑って会釈した。

「ちょっとお待ちよ」

卯之吉は男を呼び止めた。そして男の下半身を、屋根の下になって見えなかったので窓辺から身を乗り出して、見おろした。

「これは旦那、ごきげんよろしゅう」

もう一人、別の男が上目づかいに卯之吉を見上げて、挨拶を寄越してきた。

「ああ、これは……」

その小男は、身の丈六尺を超える大男の肩のうえに立っていたのだ。だから、二階の窓を、まるで一階の窓辺をよぎるような姿で、通りすぎることができたのである。

「たいしたものだねぇ」

卯之吉は素直に感心した。

何気ない通行人の素振りで二階の窓をよぎって、障子に影を映し、二階座敷にいる旦那衆を驚かせようという、芸人二人の工夫が素晴らしいじゃないか、と思った。

江戸っ子というものは、こういう時に黙って芸人を見送ったりしない。長屋暮らしの貧乏人でも小銭を投げる。金持ちであればなおさら祝儀を弾む。卯之吉は心底驚いて、かつ、感心したので、「持っておいきよ」と、小判を一枚、窓辺から身を乗り出して、小男に渡した。

今度は小男がびっくり仰天する番だった。危うく大男の肩から転落しそうになった。

「あっしらのようなモンの、つまらねぇ芸に、こんな大金を頂戴いたしやして、かえって申し訳がねぇ……」

しきりに恐縮して見せる。卯之吉は笑って手を振った。

「それならもっと芸を磨いて、もっともっと、あたしを驚かせておくれな」

窓辺は寒いので炬燵に戻る。窓の外の芸人二人は、しきりに礼を述べていたが、卯之吉が炬燵に戻って酒を飲みはじめたので、やがて、どこかへ行ってしまった。

卯之吉は二人の背中を見送った。

実は、この二人はシンタと大松ではない。吉原を流す別組の大道芸人だ。大道芸にも流行《はや》りすたりがあって、この頃は、大男の肩や頭の上で小男が逆立ちをしたり、品玉を取ったりするのが流行っていた。

（みんな、いろいろと考えるねぇ。あたしも、負けちゃいられないねぇ）

芸人は生きるのに必死で、少しでも多く稼ごうと頭をひねっているのであって、卯之吉のように自分や仲間うちの楽しみのために風流を工夫しているわけではない。しかし、生まれついての苦労知らずの卯之吉は、そんなことまでは理解していない。

卯之吉は手酌でゆるゆると飲み続けた。

菊野太夫たち遊女と芸者衆は、夜見世が始まるまで一時の眠りを貪っている。

休ませなくちゃ可哀相だと思っているので卯之吉は、我《わ》が儘《まま》をいわずに一人で飲んだ。

たまには一人で静かに飲むのもいい。というのが卯之吉の持論で、見世の主人も卯之吉の性格を知り尽くしているので、特になんの構いもしなかった。

雀がチュンチュンと鳴きながら、窓辺の手摺《てす》りに止まった。卯之吉は雀を見つめながら、ふと、盃を持つ手を止めた。

「ふ～む」

なにやら急に深刻な顔つきになる。莨《たばこ》盆から煙管を取ると、袖をまくって白い腕を出して乙に構えて、ゆったりと燻《くゆ》らせた。

「……ああ、そういうことだったのかな」

なにを思いついたのか、おもむろに炬燵から這い出すと、衣桁《いこう》に掛かっていた冬用の長羽織を纏《まと》って座敷を出た。長羽織にはたっぷりと真綿が詰められている。ブクブクと着膨れした姿で階段を降りた。

階段を降りた所は内所といって、長火鉢などが置かれ、楼主やその内儀などが陣取っている。客の出入りを監視しているわけだ。

「これは若旦那様」

遊女たちには鬼の形相を見せる内儀が、菩薩のような笑みを浮かべながら歩み寄ってきた。

「お出かけでございますか」

「うん。ちょっと……、面番所の八巻様のところへ御機嫌伺いにね」

「おやまぁ。それにしても若旦那様、今ご評判の八巻様とご昵懇《じっこん》とは、畏《おそ》れ入ったお話でござんすねぇ」

同心と親しいとなれば、ますます粗略には扱えない。

内儀は土間に目を向けたが、下足番などの若い衆の姿は見えなかった。そこでいそいそと自分から土間に降りて、卯之吉の雪駄《せった》を沓《くつ》脱ぎ石に揃えた。遊廓の内儀と言えば、自意識過剰で意地悪な者だと相場が決まっている。それが自分から他人様の下足を揃えるなど、滅多にあることではない。

「すまないねぇ。それじゃあ、行ってくるよ」

卯之吉は鼻緒に足指を通すと、シャナリと腰を折って暖簾《のれん》をくぐった。内儀に見送られながら、大門横の面番所に向かった。

四

卯之吉は、由利之丞を面番所から連れ出すと、問題の丁子屋へ向かった。

「ああ、これはこれは八巻様。いつもお勤め、ご苦労さまに存じあげます」

丁子屋の楼主が急いで挨拶に出てきた。楼主は土間に面した板敷きに両膝を揃えて、丁寧に低頭した。

「うむ。詮議《せんぎ》に参ったぞ。今の刻限なら客も少なかろうと思ってな。例の座敷に通してくれ」

すっかり同心の態度が板についてきた由利之丞が、権高に声を放つ。

楼主は「へへっ」と低頭して、それからチラリと視線を卯之吉に流した。

「三国屋の若旦那様も、ご一緒でございますか」

若旦那姿の卯之吉が、素知らぬ顔つきで同心八巻（由利之丞）の斜め後ろに従っている。

丁子屋の楼主は、俄《にわか》に混乱した様子だ。岡っ引きを従えているのならわかるが、どうして、豪商の若旦那などを子分に従えて乗り込んできたのか。

「揚がらせてもらうぞ」

「揚がらせてもらいますよ」

同心八巻と放蕩者の若旦那が雪駄を脱いで土間に揚がった。さらには八巻の下で働いているらしい強面《こわもて》の浪人者まで乗り込んできた。

正直なところ、丁子屋の楼主は、いつまでもこんな事件に関わりを持っていたくはなかった。遊女一人を失ったのは痛手だが、忘八《ぼうはち》稼業にとって遊女は所詮使い捨てだと割り切っている。

お上が、南町の内与力の体面を守りたい、というのであれば、何もなかったことにしてやってもいいとまで思っている。それで手を打って、とっとと始末をつけてもらいたいところなのだが、何にこだわっているのか、同心八巻はネチネチといつまでも粘っている。

いたしかたなく楼主は、腰をかがめた格好で、同心八巻と三国屋の若旦那と強面の浪人者を、問題の二階座敷へと案内した。

二階座敷は窓が開け放たれてあった。血潮にまみれた畳は取り替えられていたが、壁に飛び散った血飛沫《ちしぶき》は黒い染みになって残っていた。どこからともなく生臭い血の臭いが漂ってくるようであった。

卯之吉は懐紙に包んだ一両を楼主に手渡した。

「迷惑をかけて悪いけどね、ちょっとの間、この座敷を貸しておくれな」

これには楼主が仰天した。お上の詮議が入ったのだから、座敷を占領されるのは覚悟の上だ。それなのに、金をくれるとはどういうことか。

卯之吉としては、別段非常識なことをしたという意識はない。座敷を借りるなら金を払うのが当然だと思っている。全くもって、同心としての自覚に乏しい男なのだ。

楼主は困惑しきってしまったが、しかし、くれるというものをあえて断る理由もない。

「はいッ、どうぞ、ごゆるりと……。ご、御酒をお持ちいたしましょうか。それとも、もうじき九ツ（正午）でございます。お料理など取り寄せましょうか」

「我らは詮議に参ったのだ。無用である」

由利之丞が厳として答えた。こちらのほうがよほど同心の風格があった。

「そのほうは下がっておれ。我らが呼ぶまで、この座敷には、なんぴとたりとも近寄ることは許さぬぞ」

「へっ、へいっ」

由利之丞に睨《にら》みつけられ、楼主は転がるように出ていった。

「さぁて……。謎解きだねぇ」

楼主の足音が階段を降りたのを確かめてから、卯之吉が口を開いた。

途端に、陰間の風情に戻った由利之丞が、情けなさそうに眉根をしかめた。

「謎解きと言われてもねぇ……。オイラの頭じゃあ、なんにも思いつきやしないよ。弥五さんはどうだい？」

水谷弥五郎は憮然《ぶぜん》として、首を横に振った。

「わしに、わかるわけがなかろう。頭を使うのは、ここな八巻氏の仕事だ」

その卯之吉は、分厚い綿入れの長羽織から手を出して、白魚のような指で、ほっそりとした顎を撫《な》でた。

「まぁ、そうなんですがね……」

あの日の夜、卯之吉はこの座敷に乗り込んで、春駒の死体を検分した。その時に見た光景を、脳裏に思い起こそうとしている。

畳や床ノ間を睨みつけていたが、今度は窓辺に寄って、手摺り越しに外を眺めた。

「ふ〜ん。つまり、そういうことかな」

座敷に戻ってきて、畳のうえにペタリと腰を落とす。由利之丞が好奇心丸出しの表情で、卯之吉の顔を覗きこんだ。

「なにか、手掛かりが摑めたんだね」

「うーん、手掛かりというかねぇ……」

卯之吉は、やおら腰の莨入れに手を伸ばすと、煙管を取り出して莨を詰め、座敷に置いてあった莨盆を借りて火をつけた。スパスパと煙を吐きながら早口で喋りはじめた。

「あたしはねぇ、あの夜、春駒さんの亡骸《なきがら》を見た時に、ちょっとばかし、解せないことがあったのさ」

「それは、どんなこと？」

由利之丞は、先輩同心の見立てに聞き入る若手同心、みたいな顔つきで身を乗り出してきた。すっかり同心稼業に入れ込んでいる気配である。

「それはねぇ、あの時、布団が乱れていたのが、第一に不審だったのさ」

「えっ？」

由利之丞は水谷弥五郎と目を会わせた。「どういう意味かわかる？」と目で訊ねる。水谷もまったく得心がいかない様子で、首を傾《かし》げ返した。

「ここは吉原だぞ。布団が乱れているのは、当然ではないのか」

「まぁ、そうでしょうねぇ。でもそれは、沢田様と春駒さんが、同衾《どうきん》した後の話でしょう」

今度は由利之丞が訊《き》いた。

「同衾は、していなかった、ってこと？」

「沢田様はそう仰《おっしゃ》っている。でも、沢田様が下手人なら、いくらでも嘘はつけるから、そこは適当に解釈していたんだよ」

やはり卯之吉は、沢田こそが春駒を殺した下手人だと、九分通り、思い込んでいたのであった。

「でもねぇ……」

卯之吉は、取り替えられた畳に目を向けた。

「いま思えば、春駒さん一人のお身体から流れた血潮にしちゃあ、ちっとばかし、血の量が多かった気もしたよ」

「えっ、でも、それなら四郎兵衛番所の男衆も気づくんじゃないかな」

卯之吉は、由利之丞をまじまじと見つめ返した。

「四郎兵衛番所の男衆でも、気づかなかったことが一つある」

「それは？」

「春駒さんは、労咳病《ろうがい》みだ」

「えっ」

「春駒さんは労咳を病んでいたんだよ。まだ罹《かか》り始めだね。もしかしたら春駒さん本人も気づいていなかったかも知れないよ。ちょっとばかり熱っぽい、身体がだるいなぁ、ぐらいの感じでね」

「でも、若旦那は気づいた、と」

「そりゃあ気づくさ。だって、胸板に穴を空けられて、肺腑から血を噴いていたんだよ。これで気づかなかったら、あたしは蘭方医を廃業しなくちゃならないだろうさ」

若旦那は蘭方医じゃなくて同心様だよ。と由利之丞は言いたかったのだが、黙っていた。

「労咳を病んだ人の血ってのは、恐ろしく鮮やかだ。そのうえ香ばしい匂いもする。恐ろしい話だね。美しくて良い匂いまでする血が、実は病いの源で、これが人を死に至らしめるなんてねぇ」

卯之吉は火の消えた煙管をカンッと灰吹きに打ちつけた。

「話を戻すと、春駒さんは労咳を病んでいたぐらいだから、心ノ臓も弱っていただろうし、血の量もずいぶんと少なかったはずなんだ。それにしちゃあベットリと濃くて黒ずんだ血痕《けっこん》が、所々に残っていたよ。ほら、確かに残っている」

卯之吉はいくつかの染みを指さした。

由利之丞は目を丸くさせた。

「つ、つまり、若旦那は、もう一人、別の誰かが、この座敷で血を流して殺された、っていうのかい」

「殺されたかどうかはわからない。怪我を負っただけかも知れない。いずれにしても、そのどなたかは、この座敷から忽然《こつぜん》と姿を消したってことになる」

卯之吉は立ち上がると窓に寄って、手摺り越しに顔を突き出した。すぐ下に板葺きの屋根が続いている。

卯之吉はあの夜も、この屋根を目で確かめた。

「まさかここから、人一人を担ぎ出すことができるとは思わなかったからねぇ」

「それができれば、沢田様の無罪が証明されるんだね」

「まぁ、そうだね。由利之丞さん、あんた、身が軽いところで、屋根の上を調べちゃもらえないかねぇ。足跡や、血痕が、残っているかも知れないよ」

「合点だ。任せておくれよ」

由利之丞は勇躍、手摺りを乗り越えると屋根に降り立った。

「小見世にしちゃあしっかりとした普請だよ。これなら歩くこともできるね」

由利之丞は一端《いっぱし》の同心になったような顔つきで、屋根を検分した。

屋根に降り立った由利之丞の姿に気づいて、通りを歩いていた禿《かむろ》や振袖新造たちが黄色い声をあげた。

「八巻様だよ！」

通りを歩いていた遊治郎《ゆうやろう》たちも騒ぎ立てる。

「八巻様のご詮議だぜ！」

由利之丞は内心得意になりつつも、厳《いか》めしそうに眉根など顰《ひそ》め、さも、何事か推理をしているような顔つきで、屋根のうえを屈んで歩いた。

屋根を伝って建物の後ろに回り込み、やがて座敷に戻ってきた。

「若旦那、裏手の天水桶から屋根によじ登ることができるみたいだよ」

「裏の天水桶だね。行ってみよう」

卯之吉は座敷を出ると階段を降り、慌てて出てきた楼主を振り切って外に出た。雪駄をつっかけるのももどかしく、丁子屋の裏手に回った。確かにそこには、天水桶が高く積まれていた。

「この桶を梯子《はしご》代わりに使えば、あの座敷に入ることもできるだろうね」

その時、何を見つけたのか、由利之丞が声を上げた。

「若旦那、これ……」

卯之吉より早く、水谷弥五郎が反応した。

「なにか見つけられたか、八巻氏」

遊女や遊冶郎が何人も鈴なりになって覗きこんでいる。ここは上手く立ち回らねばなるまい、と意外に神経の細やかな水谷が二人の間に割って入った。なにしろ卯之吉は茫洋《ぼうよう》としている。うっかりして妙なことを言い出しかねない。

由利之丞も我に返って、素早く同心の顔つきを取り繕った。

「おう、水谷。お前《め》ぇもこいつを見てみねぇ。どうでぃ。こいつは血じゃあるめぇか」

由利之丞が傲然《ごうぜん》と胸を張って、天水桶の陰を指差した。水谷は屈み込んで確かめた。

「うむ。八巻氏の見立てどおり、これは血のようだな」

どす黒い何かが地面に染みついていた。卯之吉も「どれどれ」と呑気《のんき》な顔つきで顔を寄せ、盛んに臭いを嗅《か》いだ。

「間違いないね。これは血だよ。だけどこれは労咳病みのお人の血じゃあないね。若くて逞《たくま》しい男の血だ」

性別や年齢までわかるのか、と、水谷と由利之丞は驚いたのだが、由利之丞はすかさず、

「若旦那もそう見立てたかえ。オイラもそう読んだところサ」

などと、見物人の手前、大見得を切った。

それから小声で卯之吉の耳元で訊いた。

「どうして、若い男だと判るのさ？」

卯之吉は、当然、という顔つきで答えた。

「だって、この血は臭《くさ》いよ。臭すぎる。これはねぇ、好んでももんじい（獣肉）を食っていなさる男の血だよ」

高名な蘭方医、松井春峰《まついしゅんぽう》の弟子でもあった卯之吉は、春峰の施術所で怪我人の治療や開腹手術に何度も立ち会った。その経験から人の血は、性別や年齢、生活習慣によって、様々な臭いを放つことを知ったのだ。

「体臭と同じことだよ。体臭がきついお人は、血もきつく臭うものさ」

「へぇ……」

当然ながら由利之丞には、まったく理解のできない話であった。

三人は、なおも詮議をするような顔つきで、さらに奥の小路に入った。見物人たちには聞かれたくない話をするためだ。

卯之吉は確信めいた顔つきで二人に告げた。

「間違いないね。血まみれのお人があの座敷から運び出されて、この天水桶の陰に隠されたんだ」

水谷が太い眉根を顰めさせた。

「春駒を殺したあと、自分でここまで逃げてきたのではないのか」

卯之吉は首を横に振った。

「いや、そうじゃないでしょうね。あの夜、あの座敷で人が争っていた物音を聞いた者はいないんですよ。だから、沢田様が下手人だと疑われたのです。春駒さんが手向かいをして、男に大怪我を負わせたとは思えない」

由利之丞は可憐な唇を尖らせた。

「なにがなんだかわからないよ」

「あたしが思うに、あの血を流したお人と春駒さんは、沢田様の目を盗んで逢い引きをしていたのではないかな。つまり間夫《まぶ》だ。そこへ下手人が乗り込んできて、物も言わずに春駒さんと間夫を殺した。その下手人は、沢田様に罪をなすりつけるため、春駒さんの死体だけを残して、間夫の死体を外に運び出した」

そこで卯之吉は言葉を切って、少し考えてから続けた。

「あるいは……。そのお人のお顔を、町奉行所に詮議されたくなかったのかも知れないよ」

由利之丞が目を丸くさせた。

「悪党の仲間割れで、殺されたのは人相書きが回っているようなヤツ、ってことなのかい？」

「そうかも知れないと思っただけさ。……今はまだわからない」

由利之丞は脱線しかけた話を戻した。

「でも、二階座敷から人一人を担ぎ下ろすなんて、そんなことができるのかな」

「それはできるでしょうよ。この吉原には怪力芸のお人たちが何人もいる。あたしもさっき、目にしましたよ」

由利之丞が首をひねった。

「確かに、窓を使って座敷に入って、怪力の持ち主が窓から死体を運び出せば、見世の者に気づかれることはなさそうだけど……」

水谷弥五郎は納得できない顔をした。

「しかし、先ほどの騒ぎを見ればわかるが、屋根に誰かが登れば、下の通りを歩く者に見咎められようぞ」

「あの殺しがあったのは夜四ッ（午後九時四十分ごろ）。ちょうど大門が閉じられる刻限でしたよ。大門が閉じられたら吉原も仕舞いです。素見《ひやかし》は家に帰るし、遊客ならさっさと登楼するでしょう。しかもあの日は紋日でしたからねぇ。お女郎と約束のない客には、なんの用もない日ですよ」

「なるほど。だから誰も夜道を歩いてはいなかった、ということか」

「とはいえ、死体をそのまま運ぶのは目につきましょう。そこでいったん、あの天水桶の陰に死体を隠したのですよ。だからあそこの地面はたっぷりと血を吸っていたのですね。あそこの地面が血で汚れていた、ということが、あたしの見立ての正しさを証明してくれると思いますがねぇ」

水谷弥五郎は太い指で顎を撫でた。

「うむ。それで、その死体はどうなったろう」

「それなんですがね、吉原の出入口は大門しかございません。その大門は四郎兵衛番所が朝も昼も夜も、一日中見張っている。菰《こも》にくるむとか樽につめるとかしても、人一人を運び出すなんてことができるわけがございません」

「うむ。四郎兵衛番所の者どもがもっとも警戒しているのは遊女の足抜けだ。人の形《なり》をしたものや、人を隠すことのできそうなものは、必ず中身を検《あらた》められる。つまり死体を運び出すことはできない、ということだな」

「仰る通りです」

由利之丞は青い顔で身震いした。

「ってことは、この吉原のどこかに、死体が隠されている、ってこと?」

「そうなんでございましょうねぇ」

「でも、バラバラに切り刻んで運び出したとしたら?」

「人を解体なんぞしたら、それこそ辺り一面、血の海でございますよ。血の臭いは、それはそれは凄《すさ》まじいものですからねぇ。一町(一〇九メートル)先まで臭います。この吉原でそんなことをしたら、必ず誰かに気づかれましょう」

蘭方医の修行をしていた卯之吉は、死体の腑分けに立ち会ったこともある。人間の身体には、こんなにたくさん血が詰まっていたのか、と驚かされたものだった。

水谷が首を傾げた。

「しかし、死体を注意して隠したとしても、腐乱臭で気づかれるのではないか」

卯之吉は空を見上げた。

「この寒さでござんすから、腐りも遅《おそ》ぅござんしょう。ですが、確かに、ここ二、三日の暖かさです。そろそろ臭ってくる頃合いなのではないでしょうかねぇ」

卯之吉は由利之丞にニッコリと微笑みかけた。

「それでは八巻様、四郎兵衛番所に事情を説明して、男衆を吉原中にくまなく走らせ、死体を見つけだしていただきましょうか。死体が見つかれば、沢田様にかけられた御嫌疑は晴れましょう」

「えっ、うん。……ご、ご褒美《ほうび》が貰えるかな？」

「どうですかねぇ。沢田様は、ちょっと驚くような吝《しわ》ん坊ですからねぇ」

水谷は由利之丞を肘でこづいた。

「褒美なら、ここな八巻氏が出してくれよう。さぁ、早く行け」

「う、うん……」

しかし、強面で腕っぷしの強い兄ィが勢ぞろいしている四郎兵衛番所と掛け合うのは、由利之丞のような若衆役者には荷が重い。由利之丞は自信なさそうに肩を落として、表通りへ足を向けた。

ところが、噂の切れ者同心、八巻が詮議に入ったと聞いて、四郎兵衛番所のほうからこの場に押しかけてきた。四郎兵衛じきじきの登場で、小頭以下、数名の男衆を引き連れている。

「これは八巻の旦那。どうですかぇ、なんぞ目星はつきましたかぇ」

四郎兵衛は陋巷《ろうこう》のヤクザ者などよりよほど凄みのある四十男だ。若くて美しく、そのうえ評判の良い八巻（由利之丞）に敵愾心《てきがいしん》でも感じているのか、少しばかりひねくれた顔つきを向けてきた。

この手合いの男には、身分などという社会通念はない。もともと吉原そのものが、武士も町人もない世界だ。

由利之丞は、ヤクザ者よりヤクザっぽい四郎兵衛に睨みつけられ、そのうえ男衆にまで取り囲まれた。由利之丞は若衆方の役者で、芝居のない時には陰間茶屋に勤めている。狼に取り囲まれた小犬のような哀れな姿だ。

ところが由利之丞は、スッと背筋を伸ばし直すと、余裕たっぷりの笑みを四郎兵衛に向けた。

「目星どころか、どうやら本星に当たりをつけたようだぜ」

四郎兵衛は、不審ありげに眉根を顰めた。

「と、仰いやすと？」

由利之丞はますます余裕の笑みを浮かべると、細く通った鼻筋を、得意満面、ツンと上に向けた。

「春駒殺しの真の下手人に近づいたってことよ。このオイラが最初に見立てた通りだったぜ。やっぱり本当の下手人は別にいた、ってことさ」

由利之丞は黒い巻羽織の肩をそびやかせながら、「こっちに入《へ》ぇりな」と、問題の天水桶のほうに、四郎兵衛と男衆を引き入れた。

「おう、大事《でえじ》な証《あかし》だ。踏み散らかすんじゃねぇぜ」

とかなんとか言いながら、あの血溜まりを四郎兵衛たちに見せた。

「どうでぇ、この血は」

由利之丞は四郎兵衛の肩ごしに、男衆にも声を掛けた。

「やいお前《め》ぇら、お前ぇたちはこの血をどう見立てる」

「ど、どう――と言われやしても、あっしらには……」

男衆には答えられない。強面の四郎兵衛も、急に顔色をなくして、冷や汗など滲《にじ》ませはじめた。

「この血は、いってぇなんなんで……？」

由利之丞はますます良い気分になって、得々と説明しはじめた。

「こいつぁ若《わけ》ぇ野郎の血だ。この色の濃さと臭いからして間違《まちげ》ぇねぇぜ」

「へい、そうなんですかえ。あっしらには、血に違いがあるとは……」

「おうよ。だからお前ぇたちは気づかなかった。だが、この八巻の目にははっきりと見て取れたぜ。春駒が殺されていた座敷には、春駒の血だけじゃねぇ。若ぇ野郎の血が、点々と飛び散っていやがったんだ」

四郎兵衛と男衆たちはびっくり仰天した。目玉をまん丸に剝《む》いている。

「な、なんですって……！　つまり、旦那は、殺されたのは春駒一人だけじゃねぇと仰りてぇんで」

「そういうこった。座敷に飛び散っていた男の血と、この血は同じものだ。つまり同一人物が流した血、ってことだな」

ニヤリと笑って、四郎兵衛たちに意味ありげな目を向ける。

「あの時、血まみれで座敷にいた沢田様が死体をここまで運べるわけがねぇ。ここからどこかへ移すのはもっと無理だ。つまり、ここから死体が消えちまったってことが、沢田様の濡《ぬ》れ衣《ぎぬ》を晴らす証とならぁな。違うかえ？」

四郎兵衛の顔が真っ青になった。

「へっ、へいッ。あ、あっしらは、とんでもねぇ濡れ衣を沢田様に……」

「まぁ、仕方ねぇやな。まんざらお前さんたちの手抜かりとも言い切れねぇ。この八巻だからこそ、見抜くことのできた真相なんだからな」

そうまで言われてしまうと、四郎兵衛と四郎兵衛番所の男衆としては、ただただ八巻の慧眼《けいがん》に畏《おそ》れ入るより他にない。

「しかし、旦那。それじゃあ、本当の下手人はどこのどいつなんで？」

「そいつは、ここに寝かせられていた死体が教えてくれるんじゃ、ねぇのか？」

由利之丞は少し不安そうに卯之吉を見た。卯之吉は、そこまで謎解きをしていなかったからだ。

「ま、まぁ、なんだ……、そいつの死体は、今もこの吉原のどこかに隠されているはずなんだぜ」

四郎兵衛はさらに目を剝いた。

「この吉原のなかにですかい？　運び出されずに？」

「おいおい、良く考えてみねぇ。大門はお前ぇさんたちが終日見張っているんじゃねぇのか。四郎兵衛番所の目を盗んで、人の形をしたものや、人が隠れていそうな箱や樽を通す、なんてことができるわけがねぇだろう。それに、この吉原で、死体を切り分ける、なんてこともできるはずがねぇ。そんなことをしたら血《ち》臭《しゅう》が一町先まで臭ってくらぁ」

由利之丞は空を見上げた。

「この寒空だ。寒さで死体の腐るのが遅かったから、今まで誰にも見つからなかったのだろうぜ。だが、そろそろ臭いだす頃合いだ。——やい、お前ぇたち」

由利之丞が四郎兵衛番所の男衆に声を掛けると、男衆は反射的に「へいっ」と答えて腰をかがめた。先ほどまでは小馬鹿にしたような、あるいは値踏みをするような顔をしていたのだが、今ではすっかり八巻に心服し、威厳に打たれたような表情を浮かべている。

「そういうこったからな。草の根わけてもそいつの死体を見つけ出すんだ。死体さえ見つかれば、一件落着も近いだろうぜ」

四郎兵衛までもが盛んに低頭した。

「へ、へいっ！……おい、野郎ども、聞いてのとおりだ。四郎兵衛番所の面目にかけても見つけ出すぜ！」

「おう！」と応えた男衆が、狭い路地をかき分けるようにして走り出ていった。表通りに集まった野次馬たちを押し退《の》ける。「南町の八巻様の御用だ！　どきやがれ！」などと叫び散らしている者までいた。

「旦那……」

四郎兵衛が、両手を膝について由利之丞に頭を下げた。

「この四郎兵衛、とんだお見逃れをいたしておりやした。あっしは、浅はかにも、南町のお奉行所が、内与力様の罪を隠そうとして横車を押してきたのに違ぇねぇ、などと、そんなふうに考えていやしたんで……。まったくもって面目ねぇ。お手打ちにされたって許されるもんじゃござんせん」

「なぁに。あの場を見れば誰だって、沢田様が殺《や》ったのだと思い込むぜ。気に病むこたぁねぇさ」

「しかし旦那は一目で真相をお見抜きになった。あっしも四郎兵衛番所を預かって、ちっとばかりいい気になっておりやした。天狗になって目が曇っていやがったんだ。この失態、どうやって落とし前をつけたらいいのか……」

「そんな話は後だぜ。今は春駒の無念を晴らしてやるのが先さ」

由利之丞は遠くの空に視線を据えて、少しばかり悲しげに眉根をひそめさせた。

「この苦界に売られてきて……、それだけだって悲しい話だってのによォ、そのうえ無残に殺されちまったんだ。下手人をお白州に引き出して、きっちりお上の裁きを下してやろうじゃねぇか。そうすりゃあ、春駒の無念も、ちったぁ晴れるってぇもんじゃねぇのかい」

芝居で良く耳にする、お涙頂戴モノの台詞《せりふ》を堂々と口にした。

しかし四郎兵衛は、感に堪えない、という顔つきになった。根は一本気で純情な男なのだろう。

「まったく世間の噂どおり、いや、噂以上の御方ですぜ。八巻の旦那に限っては、話半分の謂《いい》じゃあねぇ。話の二倍も三倍も、てぇした御方でござんすよ！」

「おい、よしてくれよ。照れるじゃねぇか」

由利之丞はさっと踵《きびす》を返した。

「それじゃあオイラは面番所に戻るとするぜ」

「へい、途中まで一緒の道だ。この四郎兵衛がお供をさせていただきやす」

由利之丞が巻羽織の肩で風を切りながら、颯爽《さつそう》と歩きだす。その背後には四郎兵衛が、恭《うやうや》しげに従った。

卯之吉と水谷弥五郎は、ポカーンと口を開けたまま、二人の後ろ姿を見送った。

「……由利之丞さん、たいした役者だねぇ」

水谷は言葉もない。いつまでも大口を開いたままであった。

五

「八巻の旦那ッ、大変《てえへん》ですぜ！」

四郎兵衛番所の若い衆が印半纏《しるしばんてん》の裾をバタバタ言わせながら走ってきて、面番所に飛び込んできた。

「おう、どうしたぃ」

素早く同心八巻の顔つきを取り繕った由利之丞が、貫禄たっぷりの声音で訊いた。若い衆は板敷きに両手をついて、早口に告げた。

「旦那のお見立てどおりでございまさぁ！　羅生門河岸近くの空き地で、男のお骸《ろく》が見つかりやしたぜッ」

由利之丞は素早く水谷弥五郎に目配せをした。水谷と同時に、刀を引き寄せて立ち上がった。

「案内しな」

由利之丞は若い衆に先導をさせて羅生門河岸へと走る。水谷は卯之吉を呼ぶために大黒屋へ向かった。


羅生門河岸の切見世は、冬なのに何かが腐ったような、すえた臭いが充満していた。切見世で働く遊女たちは吉原でも最下層の者たちだ。大見世や中見世、小見世で客を取れなくなった遊女たちが転落してくるからである。

棟割り長屋のような建物が立ち並んでいる。この長屋の一つ一つが遊女たちの仕事場で、かつ、生活の場であった。

生きる希望を失った女たちは、自堕落を絵に描いたような暮らしを送っていた。どうせいつかは病で死ぬ身だと割り切っているので、身の回りの衛生に気をつかう様子も全くなかった。

由利之丞は手拭いで鼻を押さえて、可憐な美貌を顰《しか》めさせた。

長屋の戸口に座っていた、かなり年嵩の遊女が、そんな由利之丞を見てケラケラと嘲笑《あざわら》った。表通りの遊女たちからは熱い眼差しを向けられている同心八巻の由利之丞であったが、それは表通りの遊女たちが、同心八巻の活躍に心踊らせたり、その美貌にうっとりとするだけの感受性を残しているからだ。

羅生門河岸の遊女たちは、すでに女らしい心など失っている。だがこれこそが、華やかな吉原の、真の姿なのかも知れなかった。

四郎兵衛番所の若い衆は慣れっこなのか、まったく動ぜぬ顔つきで、由利之丞を長屋の奥へと導いた。

羅生門河岸のどぶ水が奥へ向かって流れている。切見世の遊女たちはこのどぶ水に、客の目の前でも平気で大小便をする。雪隠《せっちん》はあるが、そこまで歩いていくのが面倒臭いのだ。江戸は清潔な町なので、汚水が大小便の異臭を放っている光景はここでしか見られない。

そんな汚水が長屋の裏の、狭い空き地に流れ込んでいた。どぶはそこから塀の下をくぐって、吉原を囲む濠へと流れ落ちる。

（つまりはここが、吉原のどん詰まりってことだ）

由利之丞はそんなふうに思った。

空き地を取り囲むようにして、四郎兵衛と四郎兵衛番所の男衆が集まっていた。

「あっ、八巻の旦那、ご苦労さまです」

四郎兵衛が挨拶すると、男衆も一斉に声を揃えて「ご苦労さまにごぜぇやす」と低頭した。

由利之丞は息せき切って駆けつけてきたけれども、同心ではないのだから、この場で何をどうすれば良いのかわからない。とりあえず、もっともらしい顔つきで、いかにも同心が口にしそうなことを、口にした。

「お骸はどこでぃ」

「へい、あそこで」

空き地の中に一箇所だけ、最近掘りかえされたような土の跡があった。由利之丞は、雪駄の裏に張りつく泥を気持ち悪く思いながら、その場所に歩み寄った。

「うっ……」

近寄っただけで腐乱臭がした。強烈な臭いだ。

「たまらねぇ臭いでござんすね」

四郎兵衛まで青い顔をしている。

「この羅生門河岸だから、今日まで気づかれなかったんでしょうな」

遊女たちは異臭にまみれながら生活しているし、そもそも周囲のことなどにはまったく関心を持たない。

とにもかくにも由利之丞は、腐乱臭の源に向かって、おそるおそる歩を進めた。四郎兵衛番所の者が鋤《すき》を使って現場を掘りかえしていた。土にまみれた着物の、どうやら背中らしい部分が見えた。

（ああ、もう駄目だ）

と、由利之丞は思った。恐怖と気持ち悪さと腐乱臭で、頭がクラクラする。今にもぶっ倒れてしまいそうだった。

とりあえず、卯之吉が到着するまで時間を稼ごうと考えた。二、三歩下がって、それらしい顔つきを取り繕った。

「こ、こうまで腐っちまうと手に負えねぇ。け、検屍《けんし》の同心を呼んでくるしかねぇだろう」

などと言っているうちに、水谷弥五郎が駆けつけてきた。

しかし、肝心の卯之吉が来ない。

「ちょ、ちょっと……」

由利之丞は水谷の袖を引いて四郎兵衛たちから離れると、その耳元で囁《ささや》いた。

「若旦那はどうしたのさ。オイラに死体の検めなんかできるわけがないって！」

水谷は太い首を情けなさそうに竦《すく》ませた。

「あの男は、足袋一つ履くのにも、小半刻（三十分）ほどもの時間がかかる。駆けつけてくるのにはまだまだ時がかかろう」

「そんなのってないよ」

「とにかくだ、なにを確かめれば良いのか、そのへんの要諦は聞いてきた」

水谷は由利之丞の耳元でゴニョゴニョと呟《つぶや》いた。

途端に、由利之丞の態度が変わった。

「ご苦労だったな、水谷。まぁ、せっかくの機会だ。お前も立ち会っていけ」

貫禄たっぷりに言い放つと、四郎兵衛たちが待つ、死体の傍に戻った。

「こうまで腐っちまうと、人別を検めるのも難しいぜ。だが、着物の柄を見憶《みおぼ》えている者がいるかもしれねぇ」

卯之吉に筋書きさえ書いて貰えれば、それで同心になりきることができてしまうのである。後ろでは水谷弥五郎が、ちょっとばかり呆れ顔で見守っている。

「四郎兵衛親分、済まねぇが男衆を丁子屋までひとっ走りさせて、楼主を連れてきてくれねぇか。この着物に見覚えがねぇか確かめさせるんだ。……それと、そうだな、春駒と格別に親しかったお女郎も連れてきてくれ。なにくれとなく春駒の相談に乗っていたような女がいい。きっと、そういう女がいるはずだ」

「へい。おいッ佐之吉《さのきち》、聞いてのとおりだ」

四郎兵衛は、気働きの良さそうな若い者に指図した。由利之丞の言葉は一同の耳に届いている。佐之吉は韋駄天《いだてん》のように突っ走っていった。


「酷《ひど》いや若旦那！　オイラに検屍を任せっきりだなんて！」

精神的に疲労困憊《こんぱい》した由利之丞が、よろめく足どりで大黒屋の二階座敷を訪ねると、なんと卯之吉はヌクヌクと炬燵に当たっていた。

「いやぁ、水谷先生がお見えになった時、ちょうど湯を浴びていたところだったのでねぇ。この寒空だ。十分に湯に浸かってあったまってからじゃないと風邪をひく。そう思ってあったまっていたんだが、いざ着替えをして表に出たら、この強風だろう？　今度は湯冷めをしてしまってねぇ……。それでこうして、炬燵で温まり直してから、出掛けようと思っていたところだったのさ」

由利之丞は卯之吉の、あまりにも浮世離れした物言いに呆れ果ててしまった。

そんな気も知らず卯之吉は、急にせっかちになって訊ねてきた。

「それで、どうだったんだぇ？」

まったくいい気なもので、由利之丞もたいがい腹に据えかねたのだが、相手は豪商の若旦那だ。所詮、育ちが違うのだ、と諦めた。

「ええと、お指図どおりに丁子屋の旦那と、春駒姐《ねえ》さんの姉貴分だったっていう若紫《わかむらさき》ってぇ、名前は若いが年増《としま》の姐さんに来てもらったよ。死体が着ていた着物を見せたら、若紫姐さんが『そいつぁ安太郎さんだ』って……」

「安太郎？　どなただえ」

「若旦那の見立てどおりだよ。春駒姐さんの間夫だったたって男さ。丁子屋の旦那は知らなかったけど、こっそりと忍び会っていたらしいよ」

「ははぁ、沢田様もいい面の皮だねぇ」

卯之吉は、心底可笑《おか》しそうに笑った。

「笑い事じゃないよ」

「うん。その安太郎さんは、あの夜、内湯に向かった沢田様の目を盗んで、屋根づたいにあの座敷に忍び込んだ。真実惚れあった者同士で、一時《いっとき》の恋に燃えたってわけだ」

由利之丞は身を乗り出した。

「そこで、何かが起こったんだね」

「まぁ、そういうことだね。……金目当てではないだろう。安太郎さんに金があるなら、春駒さんは沢田様に付け文を出さずともよいし、安太郎さんは表から堂堂と見世に揚がればいい。屋根伝いに忍んでいく必要もないわけだしねぇ」

「ところがさ、若旦那」

「なんだえ」

「若紫姐さんの話だと、その安太郎は、春駒姐さんを身請けするつもりだったらしいんだよ」

「まさか。丁子屋程度の見世でも、お女郎を身請けするとなれば、百両は必要だよ」

「春駒姐さんも、若紫姐さんも、最初は法螺《ほら》話だろうと、春駒姐さんを喜ばせようとして、そんな大見得を切ってるんだろうと、取り合わなかったらしいんだけどね。でも安太郎は『大きな仕事をやる、大金が手に入る』と、まんざら冗談でもなく、血の気の引いたような、深刻なツラつきで言ってたそうなのさ」

「その安太郎さんって、どんな稼業についていたのかねぇ」

「町火消の鳶《とび》なんじゃないかって、若紫姐さんが」

「どうして、鳶だとわかったのかねぇ」

「それが、ちょっとばかし気味が悪い話なのさ。いや、気味悪がってたのは若紫姐さんなんだけどね、安太郎のやつ、『風の強い日に気をつけろ、すぐに大門まで逃げられるようにしておけ』と、くどくどしく、口にしていたらしいんだよ」

「なんだって？」

卯之吉はハッとなって、由利之丞の顔を見つめた。

「風の強い日に？」

二階座敷の障子が強風にあおられて、ガタガタと大きな音を立てている。

「由利之丞さん、すまないが、もう一度四郎兵衛さんと掛け合って、四郎兵衛番所の男衆を、残らず駆り集めてはもらえないかい？」

第六章　疾走《はし》る男

一

「いい感じに風が吹いてきやがったな」

白面小僧ノ禄太郎は、嶋よしの座敷の窓障子を開けて、空を見上げた。どこで巻き上げられたのか、千切れた莚《むしろ》が空を舞っていた。凄《すさ》まじい強風であった。

「付け火にゃあ、うってつけの風だぜ」

待ちに待った決行の日だ。

禄太郎は、障子を閉めて振り返った。狭くて汚れた小見世の座敷に、同じように薄汚れた夜具が敷きのべられている。年増《としま》遊女の月乃江が寝穢《いぎたな》く惰眠を貪っていた。

「ケッ、こいつの汚《きたね》ぇツラを見るのも今日限りだぜ」

禄太郎は廊下に出た。客が座敷から出て行くというのに、月乃江は起き出す気配もない。

禄太郎が雪駄《せった》をつっかけて表に出ると、通りから見世の様子を窺《うかが》っていたシンタが、仲間の千八を連れて歩み寄ってきた。

禄太郎は軽く目を向けると、人気のない、細い路地へと入った。シンタと千八も後に続いてきた。

物陰に身をひそめながら禄太郎は振り返った。シンタと千八が、武者震いを抑えられない、という顔つきで近づいてくる。

「禄太郎兄ィ」

「おう」

禄太郎も血の逆流するような興奮を覚えつつ、シンタと千八に頷《うなず》き返した。

「やるぜ。今日、これから、火を放つ」

「へいッ」

シンタが力強く返事をした。千八も不敵な面構えを向けてきた。

「禄太郎兄ィ、手筈通りに、お指図を願いやすぜ」

「人数は揃えてあるだろうな」

　シンタが答えた。

「へい。あっしの宰領で三人、つまり、あっしも含めて四人で揚屋町の河岸見世に火を放ちやす」

　千八も力強く頷いた。

「あっしも弟分と四人がかりで伏見町《ふしみちょう》に火を放ちやす。四人で油壺を叩き割って火をつけりゃぁ、辺り一面火の海だ」

　禄太郎は「うむ」と頷き返した。

「俺も三吉たちを宰領して江戸町《えどちょう》一丁目に火をつける。吉原の北の縁《へり》から順に火をつけるんだ。この風だぜ。すぐに火は、吉原全体を包み込むぜ」

　禄太郎のシケが強風にあおられて揺れている。路地を空の桶が転がっていった。

「面白くなってきやがりやしたぜ！」

　シンタは黄ばんだ歯を噛み鳴らしてせせら笑った。

　禄太郎はシンタに訊《き》いた。

「お頭は」

「へい。お頭はすでに吉原を出て、浅草に向かいやした」

「おお！　そうかえ」

「大松を始め、荒事の得意な連中がお頭に従っておりやす」

「それでいい。吉原に火を放つのは、お前《め》ェたちみてぇに身軽で、はしっこいヤツのほうが好都合だ」

「へい」

「お頭のお定めになった通りに、まずは俺が火をつける。煙を見つけた四郎兵衛番所は、男衆《おとこし》を走らせて火消に当たらせるはずだ。十分に男衆を引き付けたところで、次にシンタが、それから千八が、順に火を放つんだぜ」

シンタが頷いた。

「へい。四郎兵衛番所の連中、煙に巻かれて右往左往だ」

禄太郎が頷き返す。

「おうよ。ましてこの風。三箇所も一度に火を放たれたら、どうしたって消し止められるもんじゃねぇ。おまけに油もたっぷりと撒《ま》いてあるんだからな」

「へい。吉原中が炎に包まれやすぜ」

千八がニヤリと笑いながら言った。

「そうなったらお前ぇたちは、逃げる遊客に紛れて吉原大門を走り出て、浅草寺のお頭たちと合流するんだ。四郎兵衛番所も、面番所の八巻も、遊女を救い出すのに手一杯のはずだ。俺たちを追いかけてくる暇なんかあるはずがねぇ」

「へい」

二人が同時に頷く。

「それじゃあ、始めようぜ。ちょうど皆が寝静まっている頃合いだ」

普通、付け火は深夜に行われる。だが、吉原の面々は、夜中に働いているので、かえって付け火がやりにくい。

遊女も、遊廓で働く男たちも、この時刻にはたいがい眠っている。吉原にとっては昼過ぎのこの時刻こそが、草木も眠る時刻なのだ。

「それじゃあ兄ィ、早速おっ始《ぱじ》めやしょうぜ」

シンタが袖まくりをして意気込んだ。

「ああ。だがちょっと待て。その前ぇ《め》に、やっておかなくちゃならねぇことがあるんだ」

「それは、なんですね」

禄太郎の、白面小僧と異名を取った美貌が、不気味に引きつった。薄い唇が冷酷に歪《ゆが》んだ。

「月乃江のことよ。後腐れがねぇように、月乃江は始末しておかなくちゃならねぇ」

吉原が焼亡し、浅草寺から寺宝や寺銭が奪われれば、町奉行は必死になって一党を追うだろう。月乃江の口から禄太郎の名と人相が伝わったら、これからの暮らしの差し障りになる。

「月乃江は、殺しておくにしくはねぇ、ってことさ」

懐には匕首《あいくち》を呑んでいる。すでに何人もの女の血を吸わせてきた。取り入った後家たちの肌をさんざんに嬲《なぶ》った後で、最後には命まで奪う。それが禄太郎のやり方だったのだ。

禄太郎が殺意を剝《む》き出しにしても、シンタと千八は、顔色一つかえなかった。火男《ひょっとこ》ノ金左衛門一党は、これまで何度も凶行を重ねてきた。仲間であった安太郎まで密殺したのだ。遊女一人を殺すのに、いちいち動揺したりはしない。

シンタと千八は持ち場に散った。シンタと大松が苦労して集め、吉原中に隠しておいた油が、いよいよその恐ろしい効力を発揮するのだ。

禄太郎は、懐手をして二人の弟分を見送った。

この時、三人のすぐ近くの物陰で、こっそりと聞き耳を立てていた者がいた。

嶋よしの遊女、滝川である。

（た、大変だよ……！）

滝川が潜んでいた場所からも、悪党ども三人のやりとりは残らず聞き取れた。

（まさか、付け火を企んでいたなんて！）

禄太郎が悪人であることを見抜いた滝川だったが、まさかこれほどまでの極悪人だとは思っていなかった。嶋よしを拠点にして吉原で盗みを働くとか、その程度の悪事を企んでいるのだろう、と想像していたのだ。

火事の多い江戸では付け火は大罪である。そして大きな被害が出る。滝川は顔を真っ青にして震え上がってしまった。

そのうえ禄太郎は、口封じとして月乃江まで殺すと息巻いていたのである。

（どうにかしなくちゃ、どうにか……！）

禄太郎の話から察するに、手下の悪党どもも間もなく押しかけてくるのだろう。

（面番所の八巻様にお知らせして……）

いや、しかし……と、滝川は考え直した。月乃江一人を殺すぐらいなら、禄太郎一人だってできるはずだ。すぐにも月乃江を逃がさなければならない。

滝川は急いで嶋よしにとって返した。

表の入り口に向かって走ると、ちょうど禄太郎が暖簾《のれん》をぐるところであった。

（どうしよう！）

禄太郎を突き飛ばし、あるいは横をすり抜けて、階段を駆け上るか。

しかし、禄太郎は油断も隙もない悪党だ。滝川に悪事を嗅《か》ぎつけられたと覚《さと》ったら、即座に滝川を殺しにかかるだろう。あの手合いはいつでも刃物を懐に隠し持っている。背中からブッスリと刺し貫かれてはたまらない。

滝川は急いで裏手に回った。使用人だけが使う勝手口がある。細い梯子《はしご》段が二階に通じていた。そこを通れば月乃江の部屋まで禄太郎よりも早くつけるはずだ。

（おや、なんだろう）

異様な騒擾《そうじよう》を察して、美鈴は顔を上げた。

美鈴が座っているのは、嶋よしの向かいにある小見世の二階座敷だ。先日、卯之吉や由利之丞たちが禄太郎の顔を確かめるために身を潜めた、あの場所である。

見世の主人を説得したのは同心姿の由利之丞で、座敷代を前払いで出したのは卯之吉だ。卯之吉の依頼で、滝川たちの身辺警護を引き受けた美鈴は、その日からずっとこの座敷の、この窓辺に張りついていたのだった。

「妙だ」

心が落ち着かない。後れ毛のあたりがチリチリとする。美鈴は武芸の経験から、この種の予兆に敏感であった。

美鈴は大刀を鷲摑《わしづか》みにすると、腰に差すのももどかしく一階に駆け降りた。土間に飛び下りて見世から出ようとしたまさにその時、

「キャア――ッ!」

女の悲鳴が嶋よしから聞こえてきた。

美鈴は疾風《はやて》のように通りを突っ切って、嶋よしに飛び込んだ。

二階に通じる階段のところに、嶋よしの楼主なのだろう、五十歳ほどの男がへ

たりこんでいた。二階を見上げて震えている。そこへ美鈴が飛び込んできたので二度びっくり、目玉を剝いて唇をわななかせた。

「月乃江の座敷は！」

訊いたが、楼主は震えるばかりで答えない。しかし、二階を見上げていたのだから、騒動は二階で起こっているのであろう、と推察して、階段に足を伸ばしかけた。

と、同時に階上から、凄まじい絶叫が聞こえてきた。

「なにしやがんだい！　吉原の遊女を舐《な》めるんじゃないよッ、唐変木野郎ッ！」

続いて、瀬戸物の割れる音が何度も聞こえた。

美鈴は階段を駆け上った。

昼寝をする遊女のために二階は雨戸が締め切りになっていた。白粉《おしろい》の匂いと体臭がムッと籠もっている。

と、座敷の襖がバリバリと押し倒されて、滝川が廊下に転がり出てきた。

「この女《アマ》！　手前《てめ》ぇからブッ殺してやる！」

片手に握った匕首をギトギトと光らせながら、禄太郎がグイッと片足を踏み出してくる。滝川が投げつけた何かが額に当たったのだろう、切れた額から血を滴らせていた。白面小僧と異名を取った美男だけに、なおさら壮絶な形相であった。

禄太郎が匕首を振り上げた。

「ヒイィィッ！」

滝川は恐怖に震えて、自分の腕を顔の前で交差させた。もう投げつける物はなにもない。腰を抜かしてしまい、立ち上がることもできない。

「待てッ！」

美鈴は凛然《りんぜん》と声を放った。禄太郎がギョッとして振り向いた。

「なっ、なんでぇ手前ェは！」

美鈴は腰をスッと落とし、佩刀《はいとう》に手をかけながら答えた。

「南町奉行所同心、八巻様の手の者だ！」

「なっ、なんだとッ！」

「あっ、あんたは……！」

美鈴に気づいた滝川が、パッと表情を綻《ほころ》ばせた。二人は八巻（由利之丞）の手引きですでに顔を合わせている。互いの役目を承知していた。

「待たせたな、滝川殿。もう大丈夫だ。こんな小悪党ごとき、なにほどのことやあらん」

長年稽古を積んできた武芸者は、向かい合っただけで相手の力量を読み取ることができる。禄太郎は少しばかり匕首の扱いに慣れている様子だったが、しかしたかが悪党の喧嘩殺法だ。

「所詮、このわたしの敵ではない」

美鈴は左手で刀の鞘を握って、二寸ばかり、鞘ごと前に抜き出した。

禄太郎の形相が般若《はんにゃ》のように険しくなった。

「抜かしやがったな、小僧ざむらいめ!」

薄暗いこともあり、禄太郎の目には、美鈴の姿は元服前の少年に見えた。十二、三歳の子供にこんな舐めた口を叩かれたら、禄太郎でなくても怒るだろう。

「死にやがれッ!」

匕首の刃を上に向けて、腰だめに突進してきた。間合いをつめるといきなりに、長い腕を突き出してくる。長身ゆえの長い腕は、確かに脅威ではあった。

しかし、溝口道場一の腕を誇った美鈴には通じない。

美鈴は刀を鞘ごと腰の帯から突き出した。鞘の半分を帯に差したまま、柄と鐔《つば》とで禄太郎の匕首を打ち払った。

刀を抜かなかったのは、狭くて天井も低い屋内で刀を使うのは不利だとわかっていたからだ。そして悪党を生かしたまま捕らえるためである。そこまで思案を巡らせるほどに、美鈴は落ち着きはらっていた。

「野郎ッ！　畜生ッ！」

禄太郎はムキになって匕首を突きつけ、斬りつけてきた。しかし、冷静に刀を操る美鈴の身体には届かない。

禄太郎が突き出す匕首の速度より二倍も早く、しかも的確に刀の柄を突き出す。鐔でキンキンッと刃を打ち払い、最後に禄太郎の手首に鐔を打ち込んだ。

「ギャッ！」

鐔は鉄でできている。鉄板の縁で手首を強打されたわけだ。禄太郎の手から匕首が落ちた。廊下の床板に転がった。

美鈴はすかさず袴を捌《さば》いて力強く踏み出し、禄太郎の懐に飛び込むと、刀の柄を相手の鳩尾《みぞおち》に叩き込んだ。

「ぐえっ！」

禄太郎は蝦蟇《ガマガエル》が踏みつぶされたような声をあげた。急所を一撃されて息もつけない。白目を剝いてバッタリと倒れた。指先をピクピクと痙攣《けいれん》させていたが、やがて完全に失神した。

「美鈴様ッ！」

滝川が禄太郎を踏み越えて美鈴にしがみついてきた。滝川は薹《とう》の立った姥桜《うばざくら》、美鈴は数えで十八の娘だが、とりあえず美鈴は滝川を優しく介抱してやった。

階段に腹這《はらば》いになって、目玉だけ出していた楼主が、おそるおそる、声をかけてきた。

「あ、あのぅ、あなた様は、本当に八巻様のご家来様なので……？」

美鈴は振り返って、答えた。

「そうです。すぐに八巻様……、いや、四郎兵衛番所の者を、ここへ」

陰間の由利之丞を呼んでも、どうなるものでもないだろうと判断して、四郎兵衛番所の者を呼んでくれるように頼んだ。

すると滝川が「あっ」と大声を出した。

「そうなんでありんすよ！　わっちは八巻様に、大事な話をお伝えしなければならないのでありんす！」

美鈴はまじまじと滝川を見つめた。

「それは、どのような？」

「あい。この男は、仲間と示し合わせて、この吉原に火を放とうと企んでいたのでありんす！　早くッ、八巻様にお知らせしないと……！」

「判った！　そなたは面番所へ走るのだ！」

「美鈴様は？」

「わたしは……」

まさか、大黒屋にいる本物の八巻卯之吉に伝えに行く、とは言えない。

「わっ、わたしには、まだやることがある！　さぁ、急いで！」

由利之丞は当てにならないが、面番所には水谷弥五郎がいる。それに面番所の向かいは四郎兵衛番所だ。滝川が面番所でわめき散らせば、四郎兵衛番所にまで筒抜けに聞こえるはずだった。

滝川と嶋よしの楼主は面番所と四郎兵衛番所に向かった。美鈴は刀の下緒《さげお》を解いて、禄太郎の手足を柱に縛りつけた。

問題の月乃江はどうなったのか、と思って座敷を覗《のぞ》くと、とっくに裏手から逃げたようで、座敷に彼女の姿はなかった。

「滝川殿を置いて逃げるとは、酷《ひど》い話だな……」

もっとも、命の危険に晒《さら》された人間など、誰でもこんなものかも知れない。

などと考えながら、美鈴は階段を下りた。

二

シンタと金左衛門配下の盗人三人は、揚屋町の河岸見世に身をひそめていた。狭い場所に安普請の長屋（切見世）が密集しているこの界隈《かいわい》は、付け火をするには絶好の立地であった。片づけの悪い女郎たちが雑多な物品を放り出したままにしているし、綿のはみ出したような布団も干してある。油を撒いて火をつければ、すぐに長屋に火が移り、そしてこの町の全体が燃えあがるはずだった。

「おい、江戸町に火の手はまだ上がらねぇか」

シンタは、苛立《いらだ》たしげに三人の弟分に目を向けた。三人は大事そうに油壺を抱えている。臭いで気づかれるので、付け火の寸前にしか撒かない。それが火男一党の流儀だったが、しかし陽光の下で油壺を抱えている姿はいかにも怪しい。シンタは誰かに見咎《みとが》められはしないかと気が気ではなかった。

「……禄太郎兄ィの身に、何か起こったんじゃあるめェな」

シンタは、想像したくもない最悪の事態を、脳裏に思い浮かべた。

「何かって、何がですかえ？」

弟分の一人が、汚い髭面を寄せてきた。

「忘れたのか。この吉原は八巻の縄張りだぜ！　禄太郎兄ィの身に何かが起こったんだとしたら、そいつぁ、八巻絡みに決まってるだろうが！」

と、言ったその時、裏長屋のどぶ板を踏む足音が近づいてきた。

四郎兵衛番所の法被《はっぴ》を着けた男衆が、路地の陰からヒョイと飛び出してきて、目敏《めざと》く、シンタたち四人を発見した。

「あっ、手前ぇたち！　そこでいったい何をしていやがるッ！」

四郎兵衛番所の男衆が総勢五人、捩《ねじ》り鉢巻に白木の六尺棒を構え、殺気だった顔つきで突っ込んでくる。

「やばいッ……！」

シンタたちは度を失った。弟分の三人は油壺を抱え、シンタは昼間なのに提《ちょう》灯《ちん》を下げている。提灯は強風の中でも蠟燭《ろうそく》の火が消えないようにという配慮だったのだが、昼間に提灯を持っていたら怪しまれるのが当然だ。

「手前ぇら、吉原に火を放とうっていう悪党どもの一味だな！」

四郎兵衛番所の男衆が決めつけてきた。髭面の弟分は恐怖に歪んだ顔をシンタに向けた。

「全部バレちまってるよ！　どうする兄ィ……」

シンタは口惜しげに歯噛みした。

「畜生ッ！　やっぱり八巻に見抜かれちまったのかよッ」

四郎兵衛番所の男衆の一人が呼子笛を吹き鳴らした。「いたぞ、こっちだ」と叫んでいる者もいる。別の組が裏路地を通って、シンタたちの背後に回り込もうとしていた。

もはや逃れることは不可能だ。どうあがいても捕まってしまう。なにしろ相手は、あの八巻なのだ。悪党を捕縛するのに手抜かりなど犯すはずがなかった。

「ちっ、畜生めッ」

こうなったら心中だ、とシンタは決意した。付け火の容疑で捕まれば、火炙《ひあぶ》りの刑で処刑される。だったらここで、吉原と心中したって同じことだ。

「見ていやがれッ、八巻と刺し違えだいッ！」

八巻の差配する吉原を焼亡させて、八巻に大恥をかかせてやる。シンタもこの場で焼け死ぬだろうが、悪党としての威名は後世まで残るはずだ。

「おいッ、壺を割れ！　油をぶちまけるんだ！」

シンタは三人の弟分に命じた。

四郎兵衛番所の男衆が叫んだ。

「馬鹿な真似はやめやがれ！」

六尺棒を突きつけながら急いで包囲の輪を詰めてくる。シンタたち四人は裏長屋の一角に追い詰められた。

シンタは、精一杯、強がってせせら笑った。

「馬鹿だと？　この俺を馬鹿にするんじゃねぇ！　馬鹿は手前ぇらだぜ！」

直後、髭面の弟分が両手に抱えていた油壺を頭上に掲げて、思い切り、長屋の壁に叩きつけた。壺は安普請の壁にドンと突き当たってから地面に落ちて、真っ二つに割れた。

琥珀色《こはくいろ》の油がぶちまけられる。それを見たシンタは大きな口を開けて哄笑《こうしょう》した。

「やめるんだ！」

四郎兵衛番所の男衆が突進してくる。弟分たちが端から順番に叩きのめされていく。シンタは提灯の蛇腹を上げて、火のついた蠟燭を足元に広がる油に移そうとした。

だが、

「あっ」

その時、ビュウッと吹きつけてきた強風が、蠟燭の炎を吹き消した。

「そっ、そんなことって！」

次の瞬間、シンタは肩に凄まじい打撃を受けた。あまりの衝撃に目が眩《くら》んで、その場に倒れこんでしまった。

すぐに腕を取られて背中にねじ上げられ、捕り縄をかけられる。たちまちのうちに締め上げられて、身動きできなくされてしまった。

縄をかけながら男衆は、勝ち誇った口調で言い放った。

「やい悪党！　これは八巻様の捕り物だぜ！　どうだぇ、悪党冥利《みょうり》に尽きるってもんだろうが」

シンタは地べたの泥に顔を擦《こす》りつけながら、思った。

（やっぱり、八巻の目からは、逃れることができなかったってことかよ……）

心のどこかでは納得している。妙に平静な心地でいる。少なくともここ数日間、ずっと悩まされていた恐怖と不安からは解放された。

シンタは、自分の心境を少しばかり不思議に感じてもいた。

三

江戸町一丁目の通りを、三吉たち、火男一党の悪党どもが走っていく。

「待ちやがれッ」

鬼の形相の四郎兵衛が、手下の男衆を引き連れて後を追った。三吉たちは禄太郎の指図で付け火をするはずだったのだが、禄太郎は美鈴の手で捕まってしまい、江戸町一丁目には姿を現わさなかった。途方に暮れていたところへ、四郎兵衛たちが押し寄せてきたのだ。

三吉と弟分はシンタたちよりは小才が利いて、足も早かった。急いでその場を離れて包囲を切り抜け、吉原大門へと走ったのだ。

伏見町のほうから土煙を上げて千八が走ってきた。こちらも四郎兵衛番所の者たちに追われている。

「千八ッ」

三吉は兄弟分の名を呼んだ。千八も三吉たちに気づいて、助けを求めるように、腕を伸ばした。

だが、その瞬間に、四郎兵衛番所の若い者に飛び掛かられて、地べたの上に突き転がされた。何人も別の男衆が次々に飛び掛かっていく。

「ちっくしょうッ」

千八を助けることは到底できない。三吉は涙をのんで千八を見捨てると、おのれだけでも助かろうとして、大門へ急いだ。

道行く遊女や遊客たちが慌てて道を空ける。三吉たちは、抜き身の匕首を振り回し、「どけどけっ」と絶叫しながら往来を走り抜けた。

しかしその時、三吉たちの行く手に、悠然と立ちふさがった男がいた。

三吉はギョッとして足を止めた。

「……てっ、手前ぇは！　南町の八巻ッ！」

黒い巻羽織姿の色男が口元に薄笑いを浮かべながら、往来のまん真ん中に立っている。

「コン畜生ッ！　やっぱり手前ぇの差し金かッ！」

激怒した三吉は、匕首を構えて八巻目掛けて突進した。その時、脇道からユラリと登場した浪人姿の大男が、八巻をかばって前に出てきた。

「どおっ！」

水谷弥五郎が手にした木の棒を振り下ろす。

「ギャッ！」

三吉はもんどりを打って倒れた。ただの一撃、じつに呆気《あっけ》ない勝負であった。否、水谷にとっては勝負とも言えないものであっただろう。

水谷弥五郎が手にしていたのは、番屋の裏に置き捨ててあった六尺棒の切れ端だ。だが、水谷ほどの凄腕《すごうで》による一撃をもろに食らってはたまらない。三吉はその場に腰を落として、うめき声をあげた。

「おう水谷。そのへんで許してやりな。お前ぇの腕でそれ以上殴っちまったら、そいつがあの世に逝《い》っちまうぜ」

同心八巻が声を掛ける。両腕は袖に入れ、肘を張り、往来の真ん中に悠然と立って、水谷弥五郎と四郎兵衛番所の男衆たちの戦いぶりを見守っていた。

同心八巻の目の前で、四郎兵衛と番所の者たちが、悪党どもと渡り合い、殴りつけ、蹴倒して、次々とお縄に掛けていく。

遊女と遊客たちが同心八巻の大物ぶりに、賛嘆の眼差しを向けている。

「見てみねぇ、八巻の旦那の貫禄を。四郎兵衛番所の四郎兵衛親分を、顎で使っていなさるぜ」

「凄腕の剣客同心様だって噂だが、あんな小悪党、わざわざ刀を抜くまでもねぇってわけだ。まったくたいしたもんだよ」

「でもあたしは旦那の太刀捌きを、ぜひともこの目で見たかったねぇ」

「八巻の旦那の伝家の宝刀でブッスリ殺られてぇのは、姐《ねえ》さんのほうじゃねぇのかい」

「嫌だよ、このスケベぃ」

遊客と遊女たちは、好き勝手なことを言い合いながら、目の前の捕り物を見守った。

「どうやら、間に合ったようだねぇ」

放蕩《ほうとう》者の若旦那姿の卯之吉が、通りにヒョイと顔を覗かせながら嘯《うそぶ》いた。怖いので、喧騒からは十分な距離を取っていた。

「旦那様の睨《にら》んだ通りでしたね」

卯之吉の背後には美鈴がいる。美鈴は卯之吉の後ろ姿を、複雑な思いで見守った。

由利之丞が聞き込んできた話だけで、悪党一味の目的が付け火であると見抜いた。まったくもって信じ難い眼力だ。千里眼という風評は、まんざら的外れでもないのではないか、と美鈴は思った。

「どうして、悪党どもの狙いが、付け火だとわかったのです？」

美鈴が訊ねると、卯之吉は振り返って、面はゆそうな顔をした。

「春駒さんが殺された日にねぇ、あの座敷には油の臭いがちょっと漂っていたんだよ。春駒さんや沢田様が油を扱っているわけがないんだから、つまりその臭いは殺された安太郎さんの着物に染みついていたものだ、ってことさ」

「はい」

「安太郎さんを殺した下手人は、安太郎さんの死体を隠した。つまり、安太郎さんの顔を役人に見られたくなかった、ということだよ。つまり安太郎さんは、一味の仲間に殺されたってことじゃないかな？」

「なるほど」

「だからね、下手人一味の者たちも、油を扱っているに違いない。油で何をするつもりなのか、きっと付け火に違いないね、と、こう読んだってわけさ」

美鈴は賛嘆した。

（剣の腕はまったく立たないけれど……。やっぱり旦那様は江戸一番の同心）

ますますもって熱烈に、惚れ直してしまったのである。

「どうやら悪党はみんな、お縄にできたようだね。もう戻ろうか。寒くなってきたよ」

卯之吉は捕り物を最後まで見届けようともせず、冷えた手を羽織の袖に入れると、ヒョコヒョコと袖ごと腕を振りながら歩きはじめた。仲ノ町の通りを大黒屋に向かって歩いていく。美鈴もそのあとに続いた。

「だけどね……」

歩きながら卯之吉が表情を曇らせた。

「この吉原に火を放って、それでどうするつもりだったのかねぇ。あたしには、それがわからない。吉原に火を放ったところで、あの御一党にとっては一銭の得にもなりゃあしないと思えるんだけどねぇ……」

卯之吉が細い首を傾《かし》げていると、そこへ沢田が、大門を堂々とくぐってやってきた。

「おや、沢田様じゃあござんせんか」

沢田も卯之吉に気づくと、すこぶる機嫌良さそうに破顔した。

「おう、八巻か。此度《こたび》は大儀であったぞ。お陰でわしの濡《ぬ》れ衣《ぎぬ》が晴れた。うむ。そのほうの働き、たいそう満足いたしておる！」

四郎兵衛からの詫び状が沢田の元に届けられたらしい。それで吉原に乗り込んできたのであろう。

吉原で捕り物が行われていることは知らないようだ。卯之吉の一存で四郎兵衛番所を動かしたのだから当然である。

卯之吉は、沢田に向かって浮かない顔を向けた。

「どうした、なんじゃ、その顔は」

「はぁ……、沢田様の濡れ衣を晴らすつもりで、あれこれ首を突っこんでいるうちに、どうにも、困ったことになっちゃいましてねぇ……」

美鈴は（わけがわからない）という顔をした。沢田の一件を探っているうちに、付け火を企む悪党一味を捕縛することができたのだ。大手柄ではないか。どうして悩む必要があるのか。

ところが、わけがわからなくて悩んでいるのは、卯之吉自身であるらしいのだ。

「ああ、何がなんだかわからないねぇ。いったい、あのお人たちはどうして、吉原に火を放つ気になったのですかねぇ」

沢田は、美鈴以上にわけがわからない、という顔をした。

「なんじゃな、吉原に付け火とは。この風の強い日に火事が起こったら、間違いなく大火となろうぞ」

「大火？」

「うむ。四代将軍、厳有院《げんゆういん》（家綱）様の御世の明暦《めいれき》三年（一六五七）、本郷は本《ほん》妙《みょう》寺《じ》より出火した火事が、折からの北風にあおられて、江戸一帯に燃え広がり……。うむ。今日も北風がきついようじゃな」

「はぁ、お寺様から火がねぇ……。しかしねぇ、お言葉ですが沢田様。この吉原は田圃《たんぼ》の中にポツンと建っておりますからねぇ。吉原が燃えたって、どこにも類焼はしないのではないかと思いますがねぇ」

夜間営業で蠟燭や行灯《あんどん》の火を多く使用するから、という理由で、防災の観点から、江戸の外れに追いやられているのだ。

沢田は、自説を否定されてますますムキになった。唇を尖《とが》らせて言い募った。

「しかし、吉原のすぐ南の、浅草寺の僧侶たちは、おちおちとはしておれまい」

「はぁ……。浅草寺さんですか」

と、言いかけたその瞬間、卯之吉の頭の中で、何かが大きく弾けた。

「あああっ！」

「ど、どうした」

「そうですよ、沢田様！　浅草寺さんですよッ！」

卯之吉は沢田の腕を握って揺さぶった。沢田は面食らってしまって、恐々と聞き返した。

「ど、どうしたのじゃ。今日のお前は少しばかりおかしいぞ」

「おかしくもなりましょうよ！　浅草寺さんですよ！　悪党の狙いは浅草寺！　浅草寺の寺銭を狙っているに相違ございませんよ！」

「ちょ、ちょっと待て。何が何やら……」

「沢田様！　すぐに捕り方を駆り集めて、浅草寺に走らせましょう！　悪党どもが浅草寺の寺銭を狙っているのですからね！」

「待てと申すに。いったい何を申しているのかわからぬが、たとえそうだったとしても、我らは町奉行所の役人じゃぞ。浅草寺は寺社奉行所の支配地じゃ。町奉行所が手を出すことは叶《かな》わぬ」

「盗人が、浅草寺さんを狙っているのにですかえ？」

と、その時。

「浅草寺がどうかしたかえ」

軽薄な笑みを浮かべながら、一人の遊び人が歩み寄ってきた。

「ああ、また貴様か」

沢田が険しい表情を向けた。

「朔太郎さんじゃあ、ございませんか」

卯之吉はヒョイと頭を下げた。

「おう、卯之さん」

遊び人の朔太郎は、ニヤニヤと薄笑いを浮かべたまま、卯之吉と沢田の顔を交互に見た。そしてなおさら意味ありげに笑み崩れた。

「てぇしたお手柄だったねぇ。これで同心の八巻様の威名は、ますます高まろうってもんだ」

何やら、同心八巻の正体が卯之吉であることを知っているかのような物言いをした。気のせいかもしれない。

「それどころじゃございませんよ、朔太郎さんッ！　この付け火騒動は、浅草寺さんの寺銭を横取りするための下準備に相違ございません！」

朔太郎は、スッと笑みを引っ込めた。

「どういうことだぇ。オイラにもわかるように話しておくんなよ」

沢田が怒気をあらわにさせた。

「どうして貴様のごとき遊び人風情に、語って聞かせねばならんのだ！　ええい、下がれ！」

だが、朔太郎も卯之吉も、沢田を完全に無視した。卯之吉は続けた。

「悪党はこの吉原を火の海にしようとしました。でも、それだけでは一文の得にもなりゃあしないでしょう。でも、この吉原が大火に包まれれば、すぐ南の浅草寺さんはどうなさいます？」

「そりゃあ、寺庫を開いて、大切な経文や、寺宝や金を運び出そうとするだろうな」

「そうですよ！　それがヤツらの狙いだったんですよ！」

「な、なにぃ」

朔太郎は、頭の中でいろいろと思案を巡らせているようだったが、すぐに尻を端折《はしょ》って尻と褌《ふんどし》を剝き出しにさせると、一目散に走り出した。大門へ向かって突っ走っていく。

「沢田様、さぁ、我々も捕り方の手配ですよ！」

「お、おう……」

沢田は冴えない風貌だが、立場に相応《ふさわ》しい切れ者でもある。

「ようするに、浅草寺を盗賊が襲うということか」

わけがわからぬなりに事態を飲みこんだ様子で、走り出した。

「そういうことです」

二人は大門を走り抜けて、肩を並べて五十間道を走った。

枯木のように痩せた中年の沢田も、放蕩者育ちの卯之吉も、極めて足が遅い。

朔太郎の背中がどんどん遠ざかっていく。

沢田がゼイゼイと息を切らせながら言った。

「しっ、しかし、浅草寺は寺社奉行所の御支配！　我ら町奉行所の役人には手が出せん」

「寺社奉行所のお役人様が了となされば、お手伝いぐらいはできましょう」

「それはできるが、急な話で根回しも……。寺社奉行所に事態を説明するだけでも小半時（三十分）はかかるぞ！」

「事態は朔太郎さんが飲みこんでいますから、大丈夫ですよ」

沢田は息を弾ませながら、横目で卯之吉を睨んだ。

「いったい、あの朔太郎という男は、何者なのだッ？」

卯之吉は急に足を止めて、不思議そうな顔で沢田を見つめた。

沢田もつられて足を止めて見つめ返した。

「どうした？」

「沢田様、御存じなかったのですかぇ？　朔太郎さんは、寺社奉行所の大検使《だいけんし》様でございますよ。この吉原では遊び人を気取っていらっしゃいますけど」

「えっ……？」

沢田の頭の中で、寺社奉行所の役人たちの顔と名前が次々と浮かんだ。

「あっ！　朔太郎とは、……大検使の庄田《しょうだ》朔太郎殿のことか！」

町奉行所は、寺社奉行や勘定奉行などと共同で、江戸市中を管理している。当然、それぞれの役所の大物役人とは顔が繋《つな》がっている。

ちなみに寺社奉行所の大検使は、町奉行で言えば与力に相当するのだが、町奉行は石高二千石級の旗本が就く役職であるのに対し、寺社奉行は一万石以上の大名が就任する。それぞれの身分は単純に比較できない。

それはさておき卯之吉は首を盛んにひねった。沢田ほどのしっかり者が、朔太郎の顔を見忘れていたとは信じ難い話だ。

沢田は「まさか、まさか」と繰り返した。

「どうして、大検使殿が……、大検使殿ともあろう御方が、軽佻浮薄《けいちょうふはく》な遊び人などに身をやつして吉原などに……」

自分だって商人に変装して吉原で遊び呆《ほう》けていたくせに、頭を混乱させている。

「旦那様、急がないと」

美鈴が卯之吉を促した。こちらは息一つ切らせていない。

「ああ、そうですね。そういうことですから沢田様。話はすべて朔太郎さんが飲みこんでいらっしゃいます。あたしたちから朔太郎さんに持ち込んだお話なんですから、助太刀の捕り方を率いて乗り込んでも、寺社奉行所に嫌がられる心配はございません」

「おお、そうじゃな！　その通りじゃ。……と、捕り方の召集をせねば！」

沢田は自分で走るのを諦めて、近くの番屋に飛び込んだ。手早く一筆したためると若い番太郎に託して、南町奉行所まで走らせた。番太郎は、沢田や卯之吉の十倍もの早さで走り去っていった。

近在の番太郎や目明かしの親分衆も集められる。袖まくりをした男たちが刺股《さすまた》や袖搦《そでがらみ》を担いでやってきた。とりあえず集まった者たちを率いて、沢田は浅草寺に向かった。

「ああ、これで無事に片づきましたねぇ」

捕り物はこれからだというのに「何もかも終わった」という顔つきで、卯之吉は安堵《あんど》のため息をもらした。

美鈴は小首を傾げた。

「旦那様は、行かなくてもよろしいのですか」

卯之吉は「当たり前だろう？」という顔つきで答えた。

「だって、あたしが捕り物に加わったって、お邪魔にしかならないもの」

堂々と言い放つ言葉ではないだろうに、と美鈴は思った。


「まだ火の手は上がらねぇのか。シンタたちは何をしていやがるんだ」

大松は北の空を睨みながら毒づいた。浅草寺の蔵が開く瞬間を、なんと浅草寺の境内で待ち構えている。吉原の炎上を見れば浅草寺の参拝客たちも慌てふためくはずで、その大混乱に乗じて、寺宝や寺銭を奪い取ろうという算段なのだ。

一党の者たちも数名が集まっている。懐にはそれぞれ匕首を呑んでいた。

しかしいつまで経っても吉原から煙が上がらないのだ。金左衛門も険しい顔つきで黙りこくっている。

御家人風の扮装で、素顔を晒し、何事も起こらぬ吉原の空を凝視していたが、突然ポツリと、「逃げるか」と呟いた。

大松が聞き返した。

「逃げる？　ここまで来て、どうして」

「わからぬのか。八巻だ。八巻にしてやられたのだ」

金左衛門がそう答えた瞬間、「あそこにいるぞ、捕らえよ！」と叫びながら、庄田朔太郎が走ってきた。いつの間に着替えたのか、羽織袴に陣笠をつけている。吉原の近くに馴染みの茶屋があるのだろう。

つづいて喚声を上げながら、寺社奉行所の小者や、沢田がかき集めた近隣の番太郎や岡っ引き、浅草寺を縄張りにしている香具師《やし》と子分たちが突っ込んできた。

寺社奉行所大検使の庄田が大喝する。

「あの者どもには、確かに見覚えがあるぞ！　吉原にたむろしていた不逞の輩だ！　悪党どもッ、南町奉行所より話は聞いた。神妙にいたすがよいッ」

この威厳、吉原で遊び人を気取っているときとは大違いである。端で見ていた沢田は、少しばかり呆れてしまった。

庄田がサッと采配を振ると、急遽集められた捕り方たちが金左衛門一党に躍りかかった。

大松も自慢の巨体と匕首で抵抗、奮戦したが、多勢に無勢。足首を六尺棒で打たれ、思わず膝をついたところへ何人もで飛び掛かられ、ついには押し倒された。

金左衛門もついには観念して膝を折った。

「おのれ……、八巻め……」

無念の形相で首を垂れた。

四

事件から数日後。大火を免れた吉原に、いつもと変わらぬ夜が訪れようとしていた。

「さぁさぁ、またまた八巻様の大手柄だよ！　吉原を丸焼けにしたうえに、浅草寺から御宝物を奪い取らんとした悪党、人呼んで火男ノ金左衛門一党を一網打尽だ！　事の顚末《てんまつ》はこの瓦版に書いてある、さぁ、買った買った！」

吉原仲ノ町の通りで、瓦版売りが大声を張り上げている。遊客ばかりか遊女たちまで先を争って、雀の群がるようにして、買い求めた。

この吉原で起こった事件であるから、皆が興味津々だ。遊女や通人たちも事件の詳細を知りたがっている。否、知らないでは通とは呼ばれないわけだから、嫌でも必死になるわけだ。

その有り様を二階座敷の窓辺から、卯之吉が呆《あき》れ顔で見守っていた。

「たいした人気だねぇ、八巻様も」

由利之丞に同心役を任せっきりにしてあるせいで、自分が本物の八巻なのだという自覚すら失いつつあるらしい。まるっきり他人事のようにいった。

座敷には菊野太夫が座っている。

「この吉原が無事に済んだのも、滝川と月乃江の命が救われたのも、なにもかも八巻様のお陰でありんすえ。わっちら吉原の者どもは、八巻様には足を向けて寝らんせん」

「はは。手でも頭でも、好きなものを向けて寝たらいいさ」

寺社奉行所の大検使と南町奉行所の内与力の活躍で、火男ノ金左衛門一党はことごとくお縄になった。付け火は未遂でも大罪だ。おまけに一味の者どもはこれまでに何件もの盗みと殺しを重ねていた。いずれ火炙《ひあぶ》りか、獄門の刑に処せられるものと噂されていた。

「何事もなく、この吉原で酒が飲める。あたしはそれだけで満足だよ」

菊野太夫は、事件を解決したのが、目の前の放蕩若旦那だとは思っていない。

しかし卯之吉がいつになく満ち足りた様子であったので、菊野太夫自身も、なんとなく喜ばしい心地になった。

「さぁ、若旦那。お一つ」

禿《かむろ》や新造には任せずに、手ずから銚子を取って酌をする。卯之吉はニッコリ笑って受けた。

と、その時。座敷の襖が開いた。

「台の物が届きましてございます」

仕出しの料理を載せた大きな台が、女中の二人がかりで運び込まれてきた。

「ああ、これはまた、一段と見事だね」

美しく飾りつけられた料理を見て、卯之吉は賛嘆の声を上げた。

その様子を、台を運び込んできた女中、お峰がこっそりと窺っている。

(……やはり、あいつが本物の八巻)

菊野太夫と差しつ差されつ、盃を呷《あお》る卯之吉を見つめる。

（火男ノ金左衛門も、八巻の敵ではなかった、ってことか）

お峰はここ数日の間、密かに卯之吉の様子を観察していた。そして卯之吉が、あの若衆役者のような同心を陰で操っているという確証を得たのである。

お峰は熟練の手引き屋で、情報収集の玄人《くろうと》でもある。己の見立てには絶対の自信を持っている。

（そうとなれば、殺るのは簡単だけどね）

吸い物の椀に毒でも入れておけば良い。

（でも……。それじゃあ、あまりにもつまらないね）

いま江戸中の悪党が、八巻の威名に震え上がっている。だからこそ、ここで、八巻の真の姿を満天下に知らしめて、さんざん赤っ恥をかかせたうえで、殺す必要があった。

（そうすれば、江戸の悪党どもは息を吹き返す。あたしだって……）

一夜にして江戸の暗黒街の顔役に祭り上げられるはずだ。

（八巻は仕留めるよ……。必ずね）

お峰は何食わぬ顔を装うと、大黒屋の台所へと戻っていった。

双葉文庫

は-20-05

大富豪同心《だいふごうどうしん》
遊里《ゆうり》の旋風《かぜ》

2011年4月17日　第1刷発行
2012年3月21日　第2刷発行

【著者】
幡大介《ばんだいすけ》

【発行者】
赤坂了生
【発行所】
株式会社双葉社
〒162-8540 東京都新宿区東五軒町3番28号
［電話］03-5261-4818(営業)　03-5261-4833(編集)
www.futabasha.co.jp
(双葉社の書籍・コミックが買えます)
【印刷所】
慶昌堂印刷株式会社
【製本所】
株式会社ダイワビーツー

【表紙・扉絵】南伸坊
【フォーマット・デザイン】日下潤一
【フォーマットデジタル印字】飯塚隆士

落丁・乱丁の場合は送料双葉社負担でお取り替えいたします。
「製作部」宛にお送りください。
ただし、古書店で購入したものについてはお取り替えできません。
［電話］03-5261-4822（製作部）

ISBN978-4-575-66495-9 C0193
Printed in Japan